# 失踪人

Missing Person

磯貝探偵事務所 ケースC

小路幸也
Shoji Yukiya

光文社

# 失踪人

## 磯貝探偵事務所ケースC

小路幸也

装画
◆
ふすい

装幀
◆
大岡喜直
(next door design)

# 1

「以上が調査結果報告となりますが、何かご質問や確認したいことはありますか？」

ソファに座り、報告書を両手で持ったままテーブルの上に広げた写真を凝視《ぎょうし》している依頼人に、言う。

唇が、真一文字《まいちもんじ》に結ばれている。

手が細かく震えたりは、していない。

「夫は、間違いなく、浮気をしていたということになりますよね」

低く、小さな声で言う。プリントした写真を凝視したままだ。

写っているのは、彼女の夫と、夫の同僚である女性が中央区《ちゅうおうく》の川沿いにある小さなホテルに入っていく瞬間などだ。

このホテル、一応はビジネスホテルという体裁なのだけれども、実質はご休憩中心のラブホテルになってしまっているというややこしいホテルだ。けっこう昔からあっていかにも古めかしい雰囲気になっているのだけど、これがなかなか潰《つぶ》れそうで潰れない。

そこに、二人は入っていった。

もちろん、出てきたときの写真もある。

「報告書にも記載しましたが、調査期間内に確認できたのは、二人がこのホテルに行って入室し、およそ三時間後に二人で出てきたという事実だけです。中で何をしていたかは、確認できませんでした」

問い詰めても、いや二人で部屋の中でオセロをやって出てきたんだ、と言われてしまったら、それを嘘《うそ》だとは示せない。

「しかしまぁ、ご休憩でホテルに入ってやることはただひとつでしょう。充分に浮気の証拠だと言えると思います」

もうひとつ、一連の写真があってそちらにはマンションの一室に入っていく夫の姿がある。もちろんそこは同じ女性の部屋だ。こちらも中でお茶を飲んで帰ってきたと言われても嘘だと証明はできないが。

「この人の住所とか、名前がどこにも書いていないんですけれど」

「それは、個人情報やプライバシーの問題になりますので、私たちとしては教えることはできないんです。あなたが推測した通り、同僚の女性だったのは確かだったということだけで」

本当でもあり、嘘でもある。

そもそも個人情報保護法というのは、ものすごい人数の個人情報を扱う企業などが対象だ。私立探偵が扱う人数なんてたかがしれているので、保護法の対象外。

そして浮気調査をしてその相手が誰だったかというのを伝えることは、依頼人が婚姻関係にある者ならば、探偵の業務内ということでまぁ法的に曖昧《あいまい》な感じではあるものの、許されてはいる。

だから、教えてもいい。もちろんこの女性の氏名や住所、法を犯さない程度で調べられるプライベートな部分も一応確認はしている。

けれども、今回は実際の浮気現場を、つまりセックスしてるところを確認できてはいない。その場合は、たとえ夫の浮気を調べてほしいと言ってきた妻であっても伝えられないと言うことにしている。

それはもちろん、この奥さんが夫を問い詰めるのをすっ飛ばしていきなり女のところに押しかけて刃傷沙汰《にんじょうざた》、なんていう修羅場になるのを避けるためにだ。

まぁ同僚だっていうのがわかっているんだから、奥さん自身が調べようと思えばできるんだろうけれど、そこは元警察官としては線を引かせてもらう。

「奥さん」

依頼人を名前で呼ばないのは、私たちは必要以上に踏み込みませんよ、という意思表示でもある。

「取り決めた調査期間内で調べられたのはここまでです。もしも、確実に浮気をしているという具体的な現場証拠写真などが欲しいのならば、さらに調査期間を設けていただくことになりますが、あまりお勧めはしません」

今回よりももっと長い調査期間が必要になる。あるいは、最新の機器と強引で金のかかる、たとえば何らかの口実を使って同僚の女性の部屋に上がり込んで、隠しカメラやマイクを仕掛ける、なんていう手段を行使することになってしまう。

もちろんそれでもお願いしますと依頼をされたらするんだが。その方がこちらとしても潤《うるお》うことは間違いないが。

「これだけでも充分に浮気の証拠と言えます。この先この調査結果を使ってあなたがどうするのかは私たちが関与するところではないのですが、この報告書を使って旦那さんを糾弾《きゅうだん》し離婚などを望むのであれば、弁護士を雇うことをお勧めします」

「弁護士」

そう。

弁護士。

「私たちは私立探偵です。できるのは、こうやって調査することだけです。法的な相談はできませんし、事態の解決にもお金を積まれても関与はできません。もしもこの結果を踏まえて旦那さんと別れる意思がおありならば、弁護士に頼むことです」

これ以上探偵に金を使うぐらいなら、弁護士に使った方がずっと有意義な結果になる。何をもって有意義とするかは、個人の解釈にもよるんだが。

実はこの隣にいる若者の父親は有能な弁護士です、とは、この場では言わない。弁護士さんを紹介してくれますか、と、頼まれれば、知人程度の間柄ですがこの人に頼んでみてください、としている。

持ちつ持たれつ、だ。

光《ひかる》くんの父親であり、同好の士でもある桂沢満《かつらざわみつる》弁護士からも、実は何本か仕事を回してもらっている。

「写真データは渡さないんですね」

依頼人が帰っていくのを見送って、光くんがテーブルの上の写真をまとめながら言う。

「いや、頼まれれば渡しますよ」

ＵＳＢメモリなどに入れて。

「メールやＬＩＮＥとかでは送りませんけどね」

「ネット上に何らかの形でデータが残ってしまうから、ですね？」

「そうですよ」

プリントした写真は全て渡したので、デジタルに残したいのであれば自分のスマホでこのプリントした写真を撮ってくださいと言っておいた。

「まぁいずれにしてもネット上に残ってしまう可能性はあるんですけど、そこから先はもうこちらの責任範囲外ですから」

昔は良かった、なんていう話も聞く。調べたことは本人の頭の中と紙と印画紙にしか残らない。そこさえ押さえておけば、どんな情報も漏《も》れることはない。

「でも、逆に言うと今でもアナログしか使わなきゃデータ漏洩《ろうえい》の可能性はグンと減るってことですよね」

「そういうことです。なので、そういう依頼も扱えますすよ」

フィルムカメラも取《と》り揃《そろ》えております。暗室での現像もできるようにしました。アナログと言うのには多少微妙だけれども、カセットテープしか使えない録音機材もあるしネットに一切繋《つな》がっていないワープロとして使うパソコンもある。

「一人ではまかないきれない依頼に対しては、父親が弁護士という口の堅い大学生のアルバイトも雇えます」

光くんが笑った。

「しかも、カメラが得意な女子大生もいますからって？」

「その通り」

ひかるちゃんと光くんで恋人同士を装って、いや装う必要はまったくなかったのだけれど、二人で尾行してもらったこともあった。

今回は、夏休みで暇を持て余していた光くんに手伝ってもらった案件で、仕事の最後まで立ち会ってみたいというのでここにこうしている。依頼人は最後まで大学生のアルバイトだとは思わずに、若い探偵さんだと思っていたはず。

「ファイル、片づけますね。そこに入れるんですよね」

机の後ろに置いた木製の書類入れ。キャビネットと言った方が通りがいいのか。

「あ、これも一緒にしておいてください」

経費計算書や領収書のコピーなどもまとめて渡す。

光くんが、A4のコピー用紙の報告書と依頼人の受取り書、証拠写真のプリント一式を紙フォルダに入れて、ファイルキャビネットを開けた。

「〈ケースA〉ですよね」

「そうです」

いちばん案件が多いであろう〈浮気調査〉を分類上〈ケースA〉とした。前回の〈ケースA〉のフォルダナンバーは21。

「22番目ですから、マジックで端にそう書き込んでください」

「はい」

マジックで紙フォルダの端に22と書き込んで、光くんが入れる。

「二十二回目の浮気調査ですか」

「そんな歌がありますね」

「それは〈22才の別れ〉です。結構な数ですよね一年半で二十二回って」

「まぁ、結構と言えば確かに」

開業してから一年半が過ぎたのだから、ざっくり一ヶ月に一回以上三回未満必ず浮気調査をしてきたってことだ。

「けれども、この二十二件の浮気調査の内、実際にしていたのは十八件、だったはずですよ」

「十八件。え、じゃあその他は」

「未遂、とでも言いますか」

確か四件は浮気ではなかった。確かめられなかった。

本人たちの気持ち的にははっきり浮気だったのかもしれないけれど、二人とも不貞行為を、愛情を一切行動に移していない以上は、浮気をしたとは言えない。

「つまり、セックスはおろかキスやハグどころか手さえも繋いでいないという関係性でした。あくまでも調査期間内の話ですけどね」

「プラトニック・ラブ」

少し驚いた顔をして光くんが言う。

「そうですね。若い人もその言葉は知ってるんですね」

「わかりますよ。え、それは、浮気ではないんですか」

「違う、と判断されます。お父さんに聞いてみてください。その場合、弁護士としてはどう処理するか」

現実的には、具体的な行為がない以上は、たとえ二人が愛し合っていたとしても、二人がそれを認めたとしても浮気とは判断できず、離婚のための裁判をしても負ける場合が多い。というか、弁護士さんたちもそういう案件では仕事を引き受けないはずだ。どう考えても闘えないと判断する。

「覚えておいた方がいいですよ」

「いや、覚えてもしょうがないですよ。まだ独身だし浮気なんかしないと思うし」

確かに光くんはそういうタイプではないか。

しかし、それで稼《かせ》いでおいてその言い草はどうかと思うが、どうして皆そんなに浮気をするんだと思う。配偶者以外の人に恋をしてしまう気持ちはわからないでもないが、どうしてその先の行動へ移してしまうのか。

移さない方がいいですよ、と言いたい。どんなトラブルが待っているか教えてあげましょうか、と。

扱ったものでいちばんひどかったのは、車で相手の女性を轢《ひ》いた事件で、もう少しで殺人事件にもなっていたのがありますよ、と。

「〈ケースB〉もけっこうあったんですね。12もある」

「ひかるちゃんが手伝ってくれたのも〈ケースB〉ですね」

〈ケースB〉は身辺調査。

ついこの間のは、年取った母親がいきなり再婚すると言い出したので、相手を調べてくれという息子からの依頼だった。多くはないが母親には財産があって、それが目当ての結婚詐欺《さぎ》か何かではないかと。

そういうのも、意外とある。

「後は、ないんですね」

「ないです」

今のところは。DからYまではフォルダさえ作っていないし、そんなにたくさん仕分けするほど探偵の仕事はバラエティに富んではいない。

「〈ケースC〉が失踪人」

「ひとつだけ」

まだ一件しかない。

あの開業してほぼ最初の案件になった失踪人捜しが唯一のものになっている。あれが終わってからの仕事は浮気調査と身辺調査のみだ。

「大体そんなものですよ。一人でやってる私立探偵の仕事なんて」

他人様《ひとさま》の暮らしを覗《のぞ》き見《み》して、調べるのがほとんど。

「いなくなった猫は捜さないんですか」

「依頼があれば捜しますけど今のところはありません」

犬猫捜しますと看板を掲げればそれなりに依頼が来るかもしれないけれど。

「今のところは、人間相手の方が得意ですからね」

「あれ？　〈ケースZ〉って何ですか。それだけ場所作ってありますけど」

そう、ケースABCの後は、Zのフォルダだけ作っておいた。

「それは最悪って意味と、まずあり得ない案件だろうってことでZとしました。洒落《しゃれ》のつもりです」
Z、って光くんが呟《つぶや》く。
「つまり、殺人事件ってことですか？」

「そう」

刑事の頃には何度か当たった。

「でも、私立探偵が殺人事件の捜査を請け負うというのはあり得ないですからね」

それは警察の仕事だ。私立探偵が殺人を捜査するのはフィクションの中だけ。

「あ、でも迷宮入りしている殺人事件を、被害者の関係者が解決依頼をしに来るというのは、あり得るんじゃないですか？」

「それは、確かに」

可能性としてないわけじゃないけれども。

「でもそれも物語の中だけでしょうね。少なくとも刑事をやっている間にそんな話は聞いたことないです」

そして、迷宮入りの殺人事件というのは、密室とか不可能殺人とか解決のためのとんでもない推理力などを、現実には大抵《たいてい》の場合は必要としない。

ただ単純に、誰が殺したのかがわかっていない、わからなかった、というだけの話だ。地道な捜査を重ねてもわからなかったのなら、あと必要なのは運だけ。そしてめちゃくちゃ運がいい探偵などは存在しない。もしもいたならそんな奴《やつ》は探偵なんていう仕事はしていない。

たぶんだけど。

光くんが帰っていって、そろそろ陽射《ひざ》しが和《やわ》らいでくる午後三時。おやつの時間でちょうどいいことに事務所を訪ねてきた依頼人にお出しするために買っておいたチョコチップクッキーがある。これはもうそろそろ食べてしまわないと。

落としたコーヒーも残っているし、ソファに座ってクッキーを食べて、コーヒーを飲む。ぬるいけれど、ちょうど良い。

「うん」

ソファに座ると空しか見えない窓の外を眺め、軽く息を吐く。

抱えている案件がなくなってしまった。

今月七月の依頼はこの一件だけだった。一件でも期間が長かったので、光くんにバイト代を払ってもそれなりの実入りはあった。忙しかった先月の蓄えもあるから、このまま今月は何も仕事が入らなくても飢《う》える心配はない。二、三ヶ月先までは家賃の支払いも大丈夫だ。思いっきり節約すれば、今年の冬を越すまでは、家賃だけに限れば何とかなるだろう。

「そうだ」

今も静かに音を立てているエアコンをどうするかという問題が残っていた。

去年の夏の暑さは本当に異常で、この北海道の札幌《さっぽろ》で三十度を超える日が二十日間も続くなんていうのは、誰一人想定していなかったと思う。

いや確かに天気予報では言っていたのだけど、まさかな、だった。

三十度を超える日は、確かにある。

この大地全てが日本の避暑地と言っても過言じゃない北海道の、札幌でも毎年三十度超えの日は確かに何日かあって、つまり寝苦しい熱帯夜の夜だって数日はある。

そう、数日だ。それがここ十年ぐらいのスタンダードだった。つまり、エアコンを導入したところで、それがフル稼働する日も数日だった。きっと長くても七日程度。後は、窓を開けていれば風が通り抜けて、何とか過ごせるというのが常識。

だから、こちらの一般家庭のエアコン普及率はたぶん多くて三割程度。

今年も、かなり暑い時期が長くなりそうだと天気予報が言っている。そしてこの事務所に取り付けられているエアコンはビルの備品ではなくて、前の借り主が設置したものがそのまま置かれて、使っている。かれこれ十年は使っているそうで、かなりガタが来ているのは間違いないし、何よりも冷えていない。

多少は冷たい風が来ているのは感じるのだが、明らかに冷えていない。実際窓を開け放ってドアも開けてしまえば風が通り抜けて体感的には涼しく感じるし、そもそも依頼人がやってくるのは一週間に二人あれば良い方だ。そして三十分も部屋にはいない。

そのためだけに何十万もするエアコンを新しく導入するのは、どうか。

悩みどころになっている。今月来月を乗り切ってしまえば、後は涼しくなる一方なのだから。

「数少ない依頼人には我慢してもらうしかないか」

現状、エアコンを買うのは、さすがに厳しい。

机の上に置いてある iPhone が鳴る。着信。

急いで立ち上がって手に取る。ディスプレイに〈青河文《あおかわふみ》〉の文字。

文さん？

光くんの叔母《おば》さん。

珍しい。

「はい、磯貝《いそがい》です」

（文です。今電話大丈夫ですか？）

「いいですよ。どうしました？　光くんなら今帰っている途中ですけれど」

たぶん、小樽《おたる》に向かう高速道路上を走っている。もちろん高速料金はこちらのバイト代に含めてある。それを節約するために一般国道五号線をひたすら走っているかもしれないけれど。

（あぁ、違います。光くんならさっき連絡ありました）

「そうですか」

文さんからの電話というのはひょっとしたら初めてじゃないだろうか。仕事というか、案件の関係以外では。

（今は、お仕事忙しいですか。光くんがバイトした件のは今日で終わりと言っていたけれども）

「そうですよ。その件は終わりました。そして今月は他の仕事は入っていません」

堂々と言うことではないが、事実。

（良かった。実は、お願いしたいことがあるんです。お仕事です）

仕事。

「文さんからですか？」

（いいえ、友人なんですけれど、ちょっと探偵さんに頼むしかないかな、というものがあって、磯貝

さんを紹介したいなと思って）

「ありがたいですね。どんな件ですか」

文さんの友人なら三十過ぎの女性か。浮気調査か、身辺調査か。

（詳しくは、本人、依頼人になる彼女から聞いてほしいんですけど、失踪した人を捜してほしいの）

「失踪ですか」

そして依頼人はやはり女性。失踪人捜しはろくなことになりそうもないのだけど。

「もちろんいいですよ。依頼人の方は、事務所に来ていただけますか？ それとも僕から直接連絡しましょうか」

（ごめんなさい。うちに来てもらえますか）

〈銀《ぎん》の鰊亭《にしんてい》〉に？

（彼女、事情があってあまり人前に出られないの。いきなりですけど、明日の夜って空《あ》いてますか）

「空いてますよ」

（じゃあ、彼女うちに一泊させるので、明日の夜に話をさせてもらっていいかしら）

「了解しました。それは僕もお泊まりさせてもらっていいってことでしょうか」

笑う。

（もちろんですよ。夕ご飯も朝食も用意しておきますから）

それは、ありがたい。

「万難を排して伺《うかが》います」

電話を切る。小樽の高級料亭旅館〈銀の鰊亭〉には何度もお邪魔しているが、あそこで食事をして泊まるというのは、本当に良い気持ちになる。日頃のストレス解消とかそういうものにはもってこいだと思う。

「失踪人か」

依頼人は女性。あまり人前に出られない、とはどういう事情かと考えてしまった。

「何かの病いかな」

それがいちばん適当なものか。それ以外にはあまり思いつかない。まぁ明日会えばわかることだ。

長期間の調査が許されそうな依頼人だったら、エアコンを新しくできるぐらい稼げるかもしれない。

＊

え。

一瞬身体《からだ》が固まってしまった。武道家と対峙《たいじ》していたならそのコンマ何秒かの間で地面に叩《たた》き伏せられるぐらいに。

〈銀の鰊亭〉の別邸ではいちばん小さな〈星林屋《せいりんや》〉のリビングルーム。

西條《さいじょう》真奈《まな》が、そこにいた。

女優の、西條真奈。

十代の若者から九十代のご老人たちまで、写真を見せれば誰もがすぐにその名を呼べるほどの人気女優。

間違いなく今が旬の女優さんだ。

去年の朝ドラマのヒロインもやっていて、かなりの高視聴率を叩き出していた。リアルタイムではなくネットで観《み》ていたけれども、ドラマ自体脚本も素晴らしかったし、彼女の演技も本当に良かった。透明な美しさと、庶民的な魅力の両方を兼ね備えた西條真奈。誰もが、この先の彼女が国民的女優になっていくことを疑わないだろう。

その西條真奈が、依頼人？

「驚く気持ちはわかりますけど」

文さんが言う。

「あぁ、すみません」

後ろには文さんがいたんだった。その場で止まってしまっていた歩みを進め、平静を装ってゆっくりと彼女の正面に座る。

そうか、〈星林屋〉のコンセプトは和洋折衷《わようせっちゅう》なのか。それで、畳の上に絨毯《じゅうたん》を敷いてクラシカルな椅子《いす》とテーブルが置いてある。

それこそ、明治時代を描く映画のセットのようだ。

「初めまして、西條真奈です」

画面の向こうから何度も聞いた声。頭を下げる仕草。少しばかり緊張しているかのような面持《おもも》ち。

全てが演技に見えてしまうけれども、そんなことはない。ここにカメラはない。これが素のままの西條真奈さん。

「私立探偵をしています。磯貝です」

名刺を出して、テーブル越しに渡す。それを受け取り、眺める。

「私は、本名は最上《もがみ》真奈と言います」

もがみさん。すぐにメモ帳を取り出した。

「もがみ、は、山形県の最上川の最上ですか」

「はい、そうです」

確認をしてからメモを取る。まぁさすがに驚きはしたが、こんなことぐらいで動揺していては刑事なんかやってられない。

辞《や》めたんだが。

「すると、芸名の〝西條〟というのは本名の〝最上〟を音読みにして字を換えたような形ですか」

「そうですね」

少し、微笑《ほほえ》む。

「わりといい加減に考えてしまいました」

自分で考えたのか。そもそも彼女はどうやって女優デビューしたのか。その辺のことはまったく知らない。

「それで、文さん」

「はい」

文さんは、少し離れて西條さんの隣に腰掛けている。

「依頼の話をする前に、何故《なぜ》女優の西條真奈さんと文さんがご友人関係なのか、教えてもらえますか」

あら、と、文さんが少し首を傾《かし》げた。

「磯貝さん、芸能界に詳しいんじゃなかったんですか」

「いや、そんなになんでもかんでも詳しいわけじゃないですよ」

確かにアイドルオタクですけれども、女優さんに関してはごく普通の、一般的な知識しかないです。

「西條さん、最上真奈さんは小樽生まれですよ」

「あ、そうだったんですか」

それは、まったく知らなかった。同じ北海道の出身だったのか。

「でも、ね」

ね、と言われて西條さんが頷《うなず》く。

「こっちにいたのは中学校までで、高校からは東京だったんです。それで、文ちゃんとは幼稚園から中学までずっと一緒で仲良しだったんですよ」

「同級生」

幼馴染《おさななじ》みじゃないか。どうしてもっと早くに教えてくれなかったんですか、と言いそうになった。

そうだった。文さんはあの火事で、記憶のほぼ全てを失っているんだ。それは未《いま》だに回復していない。西條さんが幼馴染みの仲良しというのも、きっとまるで覚えていなかったんだろう。

文さんを見ると、小さく顎《あご》を動かす。

「一ヶ月ぐらい前に、連絡を貰《もら》ったんですよ。久しぶりって。確認したら二年ぶりぐらいでした」

「二年ぶりということは」

はい、と、西條さんが頷く。

「文ちゃんの、ここの火事のことは初めてそこで知ったんです。文ちゃんの記憶喪失のことも」

なるほど。文さんが、続けて言う。

「お仕事をする上でも大事なことでしょうからお伝えしますけれど、間違いなく西條さんは私の幼馴染みで、同級生ですよ。アルバムとか私の日記とかでも確認しましたし、姉にも訊《き》きました」

依頼人の身元の確定。それはもちろん重要な部分だ。それが曖昧だと困るけれど、西條真奈さんの身元はもちろん、何故ここでこうしているのかというのも、納得。

「それで、人前に出られないから、ですか」

これも納得だ。

里帰りになるのだろうから、人気俳優がオフに小樽にいても何も問題はないだろうが、札幌の私立探偵事務所に足は運べないだろう。

「幼い頃からの友人の家に、しかも高級料亭に足を運ぶのなら、いくら目撃されても勘ぐられても問題ないですね」

「わざわざすみませんでした」

「いいえ、とんでもない。僕もここに来るのを楽しみにしていますし、わりとしょっちゅうお邪魔していますからね。何でもないです」

それで、だ。

「ご依頼の件ですが」

はい、と、表情を引き締めて西條さん、いや最上さんか。本名で考えた方がいいだろうな。最上真奈さんが、ゆっくりと頷く。

「姉が、いなくなってしまったんです」

お姉さん。

「実の姉です。名前は最上紗理奈《さりな》です。これは、姉が仕事をしていたときの名刺です。資料としてお渡しできます」

「いただきます」

ごく普通のシンプルな名刺。最上紗理奈さん。

知事の秘書？

「北海道知事の秘書をなさっていたんですか」

そうです、と、頷く。

「姉とは四歳違いです。ですから、今は三十五歳。知事の秘書になったのは二十九歳のときでした」

六年間ほど知事の秘書を務めていたのか。

今の北海道知事は、坂東泉《ばんどういずみ》。年齢は確か六十歳かそれぐらいだったはずだ。北海道では初めての女性知事で今期で二期目、だったかな。

政治にはあまりというかほとんど関心がないのでよくわからないが、知事としては可もなく不可もなく、という感じだったはず。

ただ、どこにでもいるおばちゃんのような庶民的な風貌《ふうぼう》と明るい人柄で好かれ、庁内でも評判は良いと刑事時代に聞いたことがある。

「しかし、現役の知事の秘書が失踪となると、ニュースになっていてもいいはずですが」

何も聞いていない。

「二ヶ月ぐらい前です。正確には五月の十九日。私の携帯に秘書課の方から電話があったんです。姉と連絡を取りたいのだけど、電話が繋がらないと」

「お姉さんが、携帯に出ない、ということですね？」

「そうです。そのときに、姉は突然、秘書を辞めたのだと教えられました。後処理のことで確認したいことがあるのだけど、妹さんの方から連絡をつけられないかと」

秘書を辞めた。

「最上さん、いや話をする上でややこしくなりますので、名前の真奈さんとお呼びしますね。真奈さんは紗理奈さんから秘書を辞めたとは聞いていなかったんですね？」

「まったくです。寝耳に水ってこういうことかと思いました。その電話のたぶん一ヶ月かそこらぐらい前にも電話で話をしていたんですけど、そんなことは一言も言ってませんでした」

「そして、あなたも連絡が取れなくなっていた」

はい、と、顔を顰《しか》めながら頷く。

「携帯は電源が切れている状態です。私も仕事がありましたので、札幌に行けたのはそれから三日後です。部屋に行ってみると、解約されていました」

ほんの一週間前に引っ越しをしたと管理会社は言っていた。もちろん、どこへ行ったのかはわからない。

確かに、失踪か。

「親にも確認しましたが、何も聞いていないと驚いていました。姉からは何にも連絡はないと」

三十五歳の姉に連絡がつかなくなった。

知事の秘書という要職にありながら、家族にも何も言わずに突然それを辞めて、いなくなった、か。辞めてからならば、ニュースにならないのも当然か。

しかし、自ら職を辞めマンションから引っ越しているというのは、そこまでは明らかに自分の意志で動いているということだ。その二つの事実からは事故の可能性も、事件性もほとんど考えられない。

ただ、その直後に、彼女の身に何かが起こって連絡が取れない状況になったのならば、まだその両方ともに可能性は残っている。

そして、辞職も引っ越しもあまりにも唐突に過ぎる、か。

しかしそれもあくまでも家族の側から見れば、の話だろう。年齢を考えるなら、職を辞めることも引っ越しも、事前に家族に知らせなければならないことはないし、そんなようなことをしている人は大勢いるだろう。

「紗理奈さんは独身ですね？」

親の話が出たので、名字がそのままだが一応確認。

「そうです。結婚はしていませんでした。恋人はいたと思いますが、最近、半年も前ではないと思いますが付き合っていた人と別れてそれからそういう人はいない、という話はしていましたので、その辺りはわからないです」

　別れた恋人がいるのであれば、その線は調査開始後に当たってみなければならないかな。世の中の大抵《たいてい》のいざこざは男女関係から始まる。

　本来は、この後の質問事項は調査期間の取り決めやら料金の話をして正式に依頼を受けてから進めるものだが、こうしてもう依頼する前提で場をセッティングして会っているんだ。

　このまま話を進めよう。調査費用の話は後回し。有名女優なのだから、費用を捻出するのに困るということもないだろう。

「二ヶ月ぐらい前に秘書課から電話があったということですが、いつ辞表を提出したのかはわかりますか？」

「そのときには、十日ほど前に辞めたと言っていました」

　二ヶ月ぐらい前の、さらに十日ほど前。そしてその四ヶ月ほど前ぐらいには恋人と別れている。

　後で時系列をきちんと整理する必要があるな。

「紗理奈さんの部屋は札幌市内のマンションでしたか」

　はい、と頷いた。

「念のための確認ですが、管理会社、もしくは仲介している不動産屋さんが部屋を退去する際に紗理奈さんに会っていたかどうかは訊きましたか？」

「姉が立ち会ったと言っていました。管理会社の人です」

「引っ越し業者がどこかは」

　小さく首を振った。

「わかりません。電話では教えてくれませんでした。なので、どこに引っ越したのかもわかりません」

それはそうだろう。個人情報だからな。妹なんですと電話で言われても教えるはずがない。

「真奈さんが知っているお姉さん関係の連絡先とかは、今のマンションの管理会社も含めてまとめておいたので後でプリントして渡しますよ」

文さんが言う。さすがだ。それが良いことなのか悪いことなのかわからないけれど、光くん同様に探偵仕事の進め方にもう慣れてしまっている。

家族にも何も言っていない。恋人はいなかった。携帯は繋がらず、どこに行ったのかはまったくわからない、か。

難しいことこの上ない依頼になりそうだ。いやそもそも失踪人を捜すというのがまずもって困難なことなんだが。

「紗理奈さんは、どういう経緯で知事の秘書という仕事に就いたのかは把握していますか？」

こくり、と、頷いた。それも改めて考えてみました、という表情。

「姉は北大《ほくだい》に入りました。経済学部です。卒業後に東京の総合商社で日徹《にってつ》というところに入社したんです」

総合商社の日徹か。聞いたことはある。総合商社の中では大手であることは間違いないが、まぁ五本の指の四番目か五番目、あるいはもう一本指を足して六番目といったところだったはず。

「ヨーロッパ圏の貿易を担当していたはずです。仕事の詳しいことはそんなには聞いていないんですけれど、少なくともフランスとイギリスには仕事で駐在していました」

「すると、フランス語も英語も話せる」

はい、と、少し嬉《うれ》しそうな表情を見せた。

「英語、フランス語の他にスペイン語やドイツ語も話せました」

「それはすごいですね」

かなり有能な商社員だったんだろう。

「その頃に、今の知事と、あ、知事になる前ですけれど、知り合いになったと以前に聞きました」

「それは向こうで、海外でということですか」

「坂東知事はその頃には経済産業省《けいざいさんぎょうしょう》にいたそうです。それでヨーロッパ方面によく行っていたんだと。どうやって知り合ったかはよくわかりませんけれど、とても仲良くなったみたいです」

「そこから、秘書にですか」

「はい、坂東さんが知事に当選されてから、自分と一緒に働いてくれないかとスカウトみたいな感じで。特別秘書なんだそうです」

「特別秘書とは」

「私も知りませんでしたが、知事が個人的に任命できる秘書らしいです」

真奈さんが言ってすぐに文さんが、それこそ秘書よろしく机に置いてあったｉＰａｄを向けてきた。

ウィキペディアか。特別秘書という項目があって、書いてある。

〈地方公共団体の長や議会の議長等の秘書業務を専任して行う特別職の地方公務員である〉〈選任に当たって、副知事や副市町村長とは異なり議会の同意は不要であり、首長の任意による〉

なるほど、そういうものか。ざっくり言うと知事が自分の都合や好みで雇用できる、ほとんど私設秘書みたいなものと考えればいいのか。後で確認はする。

「すると、それが大体六年前ってことですね」

「そうです」

「真奈さんは知事と会ったことは？　今回の件で話を訊いたりは」

首を横に振った。

「会ったことも話したこともないです。私は電話をしてきた秘書課の担当の方と三回話しただけです」

三回。

「向こうから電話があったときと？」

「あちこち確かめてから、私からその秘書さんに電話したときと、その後にとりあえずこちらの方は何とかなりましたと。もしもお姉さんに連絡つくようであれば、こっちにも一度連絡するか顔を出してほしいという電話が」

計三回か。

「繰り返しの確認になってしまいますが、真奈さんは、失踪に思い当たるような理由もわからなければ、行き先とかにもまるで心当たりはないのですね」

悲しげに、顔を少し顰める。そういう表情さえも美しいと思えてしまうのは、さすが女優か。もちろん演技をしているわけではないんだろうけど。

「いろいろ考えたのですが、本当に何もわからないんです」

「失礼ですけど、紗理奈さんとの姉妹仲というか、そういうものは」

少し考える。

「仲は良かったと思うんです。昔から、喧嘩《けんか》するようなこともなかったですし、離れて暮らすようになっても連絡は取り合っていましたし。ただ、私がデビューして女優として活動するようになってからはお互いに忙しかったので」

「そんなに頻繁に会ったり連絡を取り合ったりすることはなかったのですね。もちろん、あなたは東京で紗理奈さんは北海道でしたから」

頷いた。いくら東京札幌間は飛行機で一時間半とはいっても、そうそう会うこともなかっただろう。

本当に、何もわからないのだ。何故、姉が誰にも何も言わずにどこかへ行ってしまったのか。まぁ、案の定《じょう》というか何というか、雲をつかむような話になってしまうんだな失踪ってやつは。

何も取っ掛かりがない。

「警察への行方不明者届は」

「まだ出していません。出しても、姉の年齢や状況から、警察が捜索に動くことはほとんどないだろうと父が言っていて。まだ二ヶ月なのだし、もう少し経ってからでもいいのじゃないかと」

「そうですね。警察には相談にも行っていないのでしょうか」

しっかりと頷く。

そのことは理解しているということか。元警察官としては忸怩《じくじ》たるものがあるが、三十五歳の女性が自分の意志で職を辞め引っ越しして連絡がつかない、しかもまだ二ヶ月、という状況であるのであればほとんど動かない。せいぜいが身元不明の同じような年齢の女性の遺体がどこかで出ていないかを照会するぐらいか。

そこも、後で確認だ。元警察官だとその辺はフットワーク軽く照会できるのでいい。

「失礼します」

光くんの声。襖《ふすま》が開いて、光くんが入ってくる。

「これ、真奈さんが知っている限りの、お姉さんに関するものの連絡先です」

「ありがとう」

A4のコピー用紙に並んだ名称と住所と電話番号。見やすい。

まったく文さんも光くんも〈磯貝探偵事務所〉が儲《もう》かっているのならそのまま秘書と探偵に雇いたい。そしてこれを持ってきた光くんもそのままテーブルについたから、既にこの件を全部知っているということだ。

光くんを助手に使ってもまったく問題なしだな。

リストには、知事室秘書課の連絡先。そして真奈さんと、実家の連絡先。その他には出身学校の全てと、以前の勤務先だった会社の連絡先に、マンションの管理会社。

これだけか。そんな表情をしないようにはしたけれども、真奈さんもそう思っていたんだろう。

「本当に何もわからないんです。姉の友人や、以前付き合っていた人も何も。私も、全然姉のことを知らなかったんだなと自分でも愕然《がくぜん》としてしまって」

「いや、わかります。そんなものですよ」

兄弟姉妹がいないので、本当はわからないけれども。

「どんなに仲の良い兄弟姉妹や、あるいは親友と呼べるような友人関係であろうと、いざこういうことになってしまうと何もわからないのと同じになってしまうのは、よくあることです」

これは本当だ。刑事だった頃に、そして探偵になってからも、そういう場面にはよく出会《でくわ》してきた。本当に何にも知らなかったんですね、と涙を流す人も数多くいた。

「ただ、連絡先はわからなくても、たとえば仲の良かったご友人の名前とか、恋人の名前ぐらいは何か覚えていませんか。ご親戚でもいいです」

文さんと顔を見合わせて、真奈さんは少し唇を引き締めた。

「そのリストを作っているときにも文さんに、探偵はそういうことを訊いてくるからしっかり考えておいた方がいいと言われて、ずっと思い出そうとしていたんです」

もう事前の打ち合わせは文さんに全部任せてもいいんじゃないか。

「花田《はなだ》さん、というお友達がいたのははっきり覚えています。女性で、大学の友人だったはずです。一緒に旅行にも行くぐらいに仲が良かったはずです。でも本当にその名字だけで同じ学部だったということ以外は何も。フラワーの花に田圃《たんぼ》の花田さんです」

メモをする。

大学時代の女性の友人の花田さん。同じ北大の経済学部。

「そういう感じでいいです。他にはどうでしたか。恋人や、あるいは以前の秘書になる前の商社の同僚や上司の名前などは」

「恋人だった人は、大久保《おおくぼ》さんと聞いたことがあります。前の職場のときの話で同じ会社の人とは聞いていませんでしたから、仕事関係で知り合った人なんじゃないかと」

男性だろうな。そうでない可能性も、まぁなきにしもあらずだろうけど、念のために控えておく。

「念のためですが、男性かどうかは覚えていますか」

すぐに頷いた。

「そうです。男性でした。姉は、異性愛者です。中学や高校のときも彼氏がいたと思いますけど、名前はわかりません。そして、以前の職場では、たぶん上司の方だと思うんですけど、蕪《かぶ》さん、野菜の蕪さんという方が」

蕪。

「珍しい名字ですね」

「私もそれで覚えていたんです。秘書になるときに、蕪さんにはお世話になったしもっと一緒に仕事をしたかったけれど、というような話をしていました」

確かに、そんな珍しい名字は覚えてしまう。さすがに珍しすぎるので、あだ名か呼び名みたいなものという可能性も考えておこう。

「それと、友人かどうかはわからないのですが、以前私の誕生日にコートと鞄《かばん》を贈ってくれたことがあるんです。〈ランブリン・ストリート〉というセレクトショップから直接だったんですが、大好きなお店でよく行っているんだと。店長さんとも仲良しなんだって言っていました」

「札幌のですね？」

「そうです。そして、店長さんが、名前はわからないのですが、ひょっとしたら知事の関係者ではないかと思います」

知事の関係者？

「お身内か、あるいは親しい友人なのか。そんなようなニュアンスで話していましたけれど、内緒なんだと」

「内緒とは、その店長さんが知事の関係者であることが、ですか?」

「そうなんだと思います。たぶんですけれど、知事の関係者であることでその辺のお客さんが増えるのが困るのではないかと。あるいは七光りみたいなもので商売繁盛するのは嫌みたいな。そんな話を聞きました」

セレクトショップの店長さんか。七光りという表現からは相当近い身内になるのかもしれないな。

一応、チェックが必要か。

「ご親戚はどうでしょう。仲の良いいとことか」

そんな人がいるなら既に聞いているだろうけど。

真奈さんは少し首を傾げる。

「もちろん親戚は何人かはいますけれど、そんなに、というか、ほとんど親しくはしていません。父に聞けば住所や連絡先は確認できますけど」

「そうですか。念のために、後でいいですので私宛てにメールでもLINEでもあるいは事務所にファックスでも結構ですのでご親戚のリストを送っていただけますか」

「わかりました」

材料は多い方がいい。たとえ無駄になるとしても。まてよ、無駄になると言えば。

文さんを見る。

「文さんは、紗理奈さんと会ったことはあるのですか」

「なかったみたいです」

ね、と、文さんが真奈さんを見る。

「文ちゃんがうちに遊びに来たことはなかったですから。小学校のときは姉も一緒に通っていましたから、ひょっとしたら校内で顔を合わせたことぐらいはあるかもしれませんけれど」

「私の日記にも紗理奈さんに関する記述はなかったですよ。私の姉にも一応確認しました。真奈ちゃんのお姉さんが紗理奈さんというのは知っていましたけれど、会ったことはなかったそうです」

「了解です」

これで綾《あや》さんも文さんも除外できる。ここで潰せる可能性は、できるだけ潰しておいた方がいいかな。

一通りは確認したか。

では、最初に戻る。

「おそらく文さんからお聞きになっていると思いますが、私のように一人で動く探偵が失踪者を見つけられる可能性は限りなく低いです。砂浜で小石を探すようなものになってしまいますから。それはご理解いただいていますか」

はい、と、頷いた。

「そして、長期間になればなるほど、調査費は掛かってきます。大手の調査事務所に頼むよりは安いですが一時間三千五百円です。今はフルタイムでこの案件だけに動ける状況にありますので、一日八時間で計算すると二万八千円ですが、フルタイムの場合はまとめ割引として二万としています」

丸八時間そのために動くことは普通はないからだ。食事だってするし、昼寝もするかもしれない。

「つまり、一週間で十四万円という金額が掛かってきます。その他に札幌市内以外へ行った場合の交通費、及びどこかの施設の入場料などは別経費として頂きます」

何も情報が摑《つか》めなくても、それは請求することになってしまう。

「そして、私の得た情報によって紗理奈さんを見つけた場合には、これは必ず言わなくてはならないのですが、生死に拘《かか》わらず成功報酬として十万円です。見つからなければ、そして捜している間に本人が現れたり連絡があったりしたのなら、もちろん成功報酬はいただきません」

真奈さんは、しっかりと頷いた。

「失踪したと思われるお姉さんの捜索依頼をいただけるということですが、調査期間をどのように設定しましょうか」

脇に置いてあったバッグから封筒を取り出した。

「わからないんです。どういうふうに決めればいいのか。ですから、ここに百万円あります。着手金、あるいは前金としてお持ちしました」

百万円。

確かにそれぐらいの厚みの封筒だ。人気女優であればそれぐらいの金額は小遣い程度のものなのかもしれない。

「何かのきっかけ、考えたくないですけど捜すのは諦めた方がいい場合とか、あるいは外国に行ってしまったとか。とにかく見つかるか、捜す必要がないと思える情報が入るまではお願いしたいんです。足りなくなったら、また追加でお支払いします」

今までの人生で百万円を現金で手にしたことなんかない。もちろん、刑事時代には年収何百万円ではあったけれども。

ここは、慌てず動ぜず。真剣な面持ちを保って、頷く。

「了解しました。ではこれは着手金並びに前金としてお預かりします。一応数えさせていただいて、今預かり証を書きますので」

鞄から常に用意してある一式を取り出す。書類と判子。文さんが封筒に手を伸ばした。

「数えますね。私の方が慣れているでしょうから」

笑って頷く。その通りだ。〈銀の鰊亭〉はもちろんカードも使えるが、現金払いも多いはず。

「もちろん、見つかるかそれに類する情報が得られて計上する経費が百万円になる前に調査を終了した場合には、残金を返金いたします」

それは当然だ。

預かり証を書いて、手渡す。間違いなく、と、文さんが数えて封筒に入れ直して渡してくれた。封筒は、そのまましっかりと鞄に入れる。

「確かに依頼を承りました。ざっくり見積もっても一ヶ月以上の日数は捜索調査に当てられます。もしもその他に仕事が入り、同時進行する場合にはその旨ご報告します。さっそく仕事に取り掛かりますが、真奈さん」

「はい」

「人間の行動には、必ず理由があります。失踪というのもそうです。とんでもない原因でない限りは、です」

たとえば、車で轢いた人間が遺体を隠したとか。

「宇宙人に拉致《らち》されたとか、突然記憶を失ってしまって彷徨《さまよ》っているとか、そういうあり得ない、滅多にない原因でない限り、失踪する人間には、本人が自分の意志でどこかに行ったのならば、必ずその理由がある。ですから、失踪人捜索の依頼を受けた探偵は、まずその理由を探します」

何故、彼女は消えたのか。

その、何故、だ。理由だ。

「理由がわかれば、おのずと行き先も導かれる場合があります。わかりますね」

真奈さんが、静かに頷く。

「ですから、前段階の質問として姉妹仲は良いのか、と失礼なことも訊きました。家族から離れたかった、というそれも失踪の理由のひとつになり得ますから。ただし、紗理奈さんの場合は家族からそもそも離れて暮らしていますから、あまり家族仲は関係ないでしょう」

そうですね、と、真奈さんは頷く。

思うに、彼女は今演技をしているんじゃないだろうか。俳優という職業の人間は、ごく自然にその場に応じた対応を、演技として行なえる。嘘をついているとかじゃなくて、他人に接するときには自分という人間をただ本能で演じているんだと思う。

あまりにも、静かだ。座って話をしているその佇《たたず》まいも、言葉も。

淀《よど》みが一切ない。

人間とCGで作られた人間の違いは、その淀みだ。無駄とも言う。人間には必ず動きや言葉に淀みや無駄がある。

CGで作られた映像の人間や、あるいは精巧なロボットには、その淀みや無駄がない。だから、百パーセント人間にそっくりでも、どこか不気味な印象を受ける。

真奈さんの場合は不気味ではなく、ただただ美しいのだけれども。

「この後、できるものなら知事や、あるいは前の職場の人、友人関係、そういう人たちに当たって、紗理奈さんを捜していくのですが、何か失踪の原因に値するような情報はありませんか、と訊いて回ることになります。不都合は、ありませんか？　つまり、あなたは有名な女優だ。当然、紗理奈さんがあなたの姉だと知っている人も多数いると思うのですが」

「そうですね」

少し、表情が曇る。

「姉の名前や知事の秘書をしていることを公表はしていませんが、私に姉がいるのを知っている人も確かにいます。捜してもらうのにそんなことも言ってられないとは思っていたのですけれど、文ちゃんにも言われました」

「有名女優の姉が謎の失踪、しかも知事の秘書だった！　なんていうのはその手の人たちにとっては恰好《かっこう》のゴシップの種じゃないですか」

文さんが顔を顰めて言う。

「その通りですね」

何ひとつやましいところはなくても、そういう連中は勝手に作り出す。

「たとえば知事のところに話を聞きに行くのは、向こうも何か変なことに巻き込まれるのは望みませんから、まったくの内密でお願いしますというのには確実に同意してくれるでしょう。ですが、それ以外の人たちに接触するときに、そのお願いが通るかどうかは疑問になってきます。できる限り、紗理奈さんがあなたの姉であることを伏せるのは当然ですが、向こうが知っていたらどうにもなりません。その辺りは、私の判断に任せてもらう形でいいでしょうか」

真奈さんが、疑問を表情で表す。

本当に、すぐにわかる。表情ひとつで感情が手に取るようにわかるのは、明らかに演技をしているからと思うのだ。

「つまり、簡単に言えば口止め料とかそういうものは、私の判断ひとつで動かしていいでしょうか、ということです」

絶対に失踪しているなどということはあなたの胸の内にしまっておいてください、誰にも言わないでくださいとお願いしても、人の口に戸は立てられない。

「こいつは言うだろうな、と私が判断した場合は、その人間に口止め料などという、もしくはもっとアウトロー的な手段を使って絶対に言わせないようにさせていいですか、ということです」

真奈さんが、顔を顰めた。

「それを許していただけないと、捜索手段がかなり限られます。何せ、失踪しているということを知られないように捜さなければならないんですから」

絶対に信用できる人間にしか、尋《たず》ねられない。つまりほとんど人に言えないことになってしまう。

「口止め料はともかくも、その他のアウトロー的な手段というのは」

「ご心配なく。私は元警察官です。とんでもなく非合法な、もしくは手荒なことなどはしません。あくまでも、それ的な手段で口止めをお願いするということです」

脅《おど》し賺《すか》しその他もろもろ。

元警察官であるからこそ、その辺の手練手管《てれんてくだ》は心得ている。そういう手段を使ってきたということではなく、そういう手段を使ってきた連中の手の内は知り尽くしている、ということ。

「大丈夫よ。前にも言ったけれど、磯貝さんは信頼できる人だから」

文さんが言って、ずっと黙って話を聞きながら隣にいた光くんも頷く。真奈さんも、しっかりと頷いてくれた。

「お任せします」

「ありがとうございます」

心置きなく、捜索に専念できる。しかも百万円という後ろ盾もある。

「それでは、紗理奈さんの写真はありますか」

「それが、用意しようと思ったのですが、最近のがないんです」

それもあるあるだ。家族の写真など、小さいときのならともかくも、大人になってから一緒に写真を撮る機会などほとんどなくなる。SNSで自撮りの写真を上げているような人なら別なのだけど。

「私が持っていたのは、もう十年ぐらい前に私の成人式のときに会って撮った写真ぐらいしかなくて」

真奈さんが、自分のスマホを取り出して、その写真を見せてくれた。

これは、美しい。いや真奈さんが、だが。この頃には既に女優としてデビューして人気が出ていたはずだが。

一緒に写っている女性が紗理奈さん。真奈さんが二十歳ということは、紗理奈さんは就職して少した頃か。なるほど、新社会人らしい雰囲気がある。そして、真奈さんにはまるで似ていない。どちらかが母親似で、どちらかが父親似なのかな。

「それで、探してみたの」

文さんが言う。

「探した？」

「知事さんの秘書だったんなら、どこかで一緒に写った写真なんか一枚ぐらいないかなと思ってネットで。そうしたら、ほら」

iPadを回して見せてくれた。

「へぇ」

何の会見かはわからないが、坂東知事が写っている。そして、その少し後ろにスーツ姿の黒髪ロングを後ろで縛った女性がはっきりと写っている。

「これが、今の紗理奈さんですか」

「そうです。そんなに前じゃないと思います。たぶん一年かそこら前じゃないかと」

真正面から写されているのでさっきの写真より顔形がはっきりわかる。本当に、似ていない。真奈さんは柔らかな丸い瞳をしているけれど、紗理奈さんは少し鋭い感じの瞳だ。顔の形も違う。全体の印象では姉妹と言われても、へぇ、そうなんだ、と言うしかないぐらい似ていない。

「まったく他意はない質問ですが、どちらかがお母様似とかでしょうか」

真奈さんが苦笑する。

「小さい頃からずっと似てないって言われていました。親の話では、私は母方の祖母によく似ているそうです。姉は、父親似です」

なるほど、真奈さんの美しさは母親似ではなくお祖母《ばあ》ちゃんの遺伝か。どうでもいいから訊かないが、お母さんはどんな顔をしていたのか。

「ここだけトリミングすれば、充分使えるでしょう？」

文さんが指で示しながら言うので頷いた。

「充分です」

「後でプリントアウトするわ。できるだけきれいに大きめにするように」

「光くんできるんだね」

「できますよ」

最近の光くんはパソコンの、Ｍａｃのデザイン系のものに精通しつつある。何でも同じ大学の先輩にそっち系の人がいて、随分影響されているらしい。

「写真を頂ければ、とりあえず確認したいことはこれで終了です。ただひとつ、直接には関係ないことでしょうが気になったのですが、紗理奈さんは北大に進んだと」

「はい、そうですが」

「真奈さんは高校から東京ということでしたが、その時点で紗理奈さんとは別れて暮らし始めたということですか？」

四歳差があるのだから、真奈さんが高校入学時には、既に紗理奈さんは大学に入学していたことになる。

「そうです。父の仕事の関係で東京に引っ越したのですけど、それが決まったときにはもう姉は北大に合格していたので」

札幌でそのまま一人暮らしを始めた、ということか。

「真奈さんはご両親と東京で暮らし始めて、そして高校に入ってすぐに女優としてデビューしたのですね」

確か、高校在学時に映画でデビューしたはずだった。真奈さんは頷いて、すぐにちょっと表情を変えた。

「そうですけど、すみません言ってませんでしたが、両親とではなく、父とですね」

お父さんと。

「母は、私たちがまだ小さい頃に死んでしまったんです。私が二歳の頃でした。ですから、私たちは父が男手ひとつで」

「そうでしたか」

それは、お父さんも大変だったろう。

男手ひとつで女の子二人を育て上げ、しかも長女が数カ国語を操る商社ウーマンになり、次女は有名女優になったとは。

お父さんは、再婚をしなかったのか。

もちろんそういう人もたくさんいるだろうが、女の子二人を一人で育てようというのはなかなかの決意と覚悟が必要だったと思うが。

リストを見る。

最上賢一《けんいち》さん。六十歳か。

印刷会社に勤務されているのか。そうか、それでお母さんの名前がなかったのか。単純に世帯主であるお父さんの名前しか書いていないんだな、と思ったが。

「参考までに、お母様のお名前は」

「瑛子《えいこ》です。おうへんに英語の英の瑛子」

最上瑛子さんか。

# 3

「磯貝さん、ここで一緒に夕食を食べていくでしょう？」

文さんの言葉に思わず真奈さんを見ると、微笑んで小さく頷く。

「いいんですか？」

「美味《おい》しいものは皆で食べた方が」

もっと美味しくなる。その通りだとは思うが。

「失踪人捜索という仕事を受けておいて、すぐに動かないでまずご飯というのも気が引けるのですが」

有名女優と夕食なんて機会は、この先何十年生きても訪れるかどうかわからないから一も二もなく頷いてしまいたいところだが。

真奈さんはまた笑顔で頷いてくれる。

「大丈夫です」

「どのみち、この時間からはもうどこにも動けないでしょう」

文さんが言う。まぁそれはそうだ。

どこから始めるにしても、もうすぐ夕食というこの時間から動いて素直に応じてくれるところはそうそうないだろう。確認のための時系列の整理やどこから始めてどう動けば効率的かという調査行動計画書も必要となる。お泊まりは諦めて、夕食をいただいたら帰らなければ。

意外と知られていないが、そして知る必要もまったくないのだけれど、探偵の調査にだって計画書は必要になる。それは、依頼主への報告書作成のためと、税務署への申告のために。個人でやってる探偵事務所に税務調査など入るはずもないが、まったく可能性がないわけでもない。そのためにも、最初にきちんと計画を立てた上での行動というものを記録しておく必要がある。

だから、今すぐ動けるものでもない。一緒に食事をして楽しい時を過ごす理由には確かになる。

「では、お言葉に甘えてご一緒させていただきます」

とは言え、食事の支度ができるまでもう少し間があるだろう。真奈さんを眼《め》の前にして関係のない話をしながら、ずっと鼻の下を伸ばしているわけにもいかない。

「光くん、ちょっと部屋を貸してもらえるかな」

「いいですよ」

「私は準備してくるわね。真奈ちゃん、もうどこにも出ないのだから、着替えとかして楽にしていて」

「うん」

互いに交わす言葉のニュアンスに、親しさを感じさせる。

小学校中学校の同級生で仲が良かったのなら当然の様子だけれど、文さんにはその記憶がない。今までにも何度かこんなような場面に遭遇したが、記憶がないのにどうやってそういうものを醸《かも》し出せるのか不思議だ。

一緒に母屋《おもや》まで戻って、光くんの部屋に入る。

「何するんです？」

「宮島《みやじま》にちょっと連絡して頼みごとを」

あれでもＳ大の准《じゅん》教授《きょうじゅ》。

「そして、あいつ出身は北大なんですよ」

「あ、そうだったんですね」

最上紗理奈さんと同じ大学の出身で、年齢は現在三十七歳。

「つまり、失踪した紗理奈さんは宮島の二歳下です」

「そうか、宮島先生と同時期に北大にいたんですね」

この時間なら宮島はいつも大学の部屋にいるはずなので、光くんのＭａｃを借りてFaceTimeで呼び出す。

すぐに出た。スーツ姿の宮島。准教授だからといってスーツは着なくてもいいのに、講義があるときには必ずスーツを着る。私服に悩むのがとても面倒だからだそうだ。

『光くんかと思ったらお前か』

「今日はここで、これから夕食だ」

『何で俺を呼ばないんだよ』

「ここを借りて仕事の依頼を受けていたんだよ。夕食はおまけだ。それでだ、今そこには誰もいないか？」

『いないよ』

「名前をメモしてくれ」

『どうぞ』

「最上紗理奈。最上川の最上にタレントの鈴木《すずき》紗理奈さんと同じ紗理奈。現在三十五歳で北大経済学部出身だ」

『二つ下か。うん、了解。その子と親しかった、じゃないな。今も親しい関係者がこっちで捜せるかどうかってことだな？』

「その通り」

相棒は話が早くていい。

「仲のよかった友人の名字だけはわかる。同じ経済学部だった花田さんだ。フラワーに田圃。今も一緒に旅行に行くような仲の女性の友人」

『花田さんね。オッケー控えた』

「捜すときに気をつけてほしいのは、最上紗理奈さんの妹はとんでもない有名人だ」

『へぇ？』

「女優の西條真奈。もちろん他言無用」

わお、と言いやがった。

『北海道出身だっていうのは知ってたけどね。そうか、それで今〈銀の鰊亭〉にいるのか？』

「もう一度驚け。文さんが西條真奈さんと小学校中学校の同級生だった」

『マジか。どんだけ秘密を隠しているんだ文さんは。いやそうだ、西條真奈は小樽出身だし文さんと同年代だから全然アリだよな。まったく気づかなかった』

「文さんが仕事を回してくれたんだよ。西條真奈さんの姉であり札幌在住だった、その最上紗理奈さんが失踪中だ。手掛かりはいくらあってもいい」

『実の姉だな？』

「間違いなく。捜せそうか」

少し頭を捻《ひね》って考えた。

『経済学部か。もちろん当時の住所は学籍名簿からは辿《たど》れる。花田さんも大丈夫だろう。その他の親しい友人となるとあちこち当たらなきゃならないから、ちょっと厄介かな。時間はあるのか』

「そんなに急がなくていい。そしてもしも捜す段階でこの二人が姉妹であることを知っている人がいたらチェックしておいてくれ。最上紗理奈さんが失踪していること自体は知られてもいいが、二人が姉妹であることが知らない人に漏れるのは極力避ける方向で」

『ゴシップ除《よ》けな。わかった。できるだけ誰にも知られずに捜してみる。それで、今そこに西條真奈さんがいるってことか』

「悔しがれ。これから一緒に晩ご飯だ」

『一緒に写真撮っておけよ。冥土《めいど》の土産《みやげ》になる』

「そうする」

FaceTimeを切る。

光くんが言う。

「僕には何か手伝えることがありますかね」

「今のところはまだないですけど、今回予算はふんだんにありそうですからね。何か出てきたら頼みますよ」

「いつでも」

そうだ。

「念のためにお父さんに訊いてみてください。坂東北海道知事と簡単に繫ぎが取れるぐらいの知り合いですかって」

「あ、そうですね。後で電話してみます」

もちろん犯罪ではないんだから、堂々と正攻法で直接の接触はできる。できるけれども、たぶん時間が掛かるし下手《へた》したらそれについては何もわかりません、のメール一本で済まされてしまうかもしれない。電話一本で会って話せる約束を取り付けられるのなら、それに越したことはない。

たぶん失踪は知事本人とは関わりないだろうが、それでも、どこで何が繫がるかわからない。

おそらく坂東知事は、ここ何年か最上紗理奈さんといちばん一緒にいる時間が長かった人だろう。

じっくり話が聞けた方がいいに決まっている。

*

事務所に戻ってきて、窓を開ける。網戸があるので虫が入ってくる心配はない。それでも、蚊取り線香を点《つ》ける。

夏の間は昔ながらのこの渦巻きの蚊取り線香を点けなきゃ、夏の気分になれない。この香りが幼い頃の夏の思い出を連れてくる。

コーヒーを淹《い》れる。デスクライトを点けて、MacBook Airを立ち上げる。

自分の部屋にいるより事務所にいる時間が長すぎて、もう本当にこっちに住もうかという気になっている。

物置として使っている玄関脇の小部屋は、ぎりぎりシングルベッドを置ける広さではある。あるいはベッドにもなるソファを事務所の隅っこに置けば完璧だ。夏場はともかく、冬になると銭湯まで行って帰ってくるのは風邪を引きそうな距離だけど、まぁ車で行けばなんとかなるだろうし。

何より、アパートの家賃がなくなるのは大きい。ここに住んでも誰も文句を言わないんだから。

「引っ越すなら今だよな」

雪が降る前に決断した方がいいな。

西條真奈さんは、明日の朝にはすぐに東京に帰る。次のドラマの撮影がもう始まるそうだ。

女優さんという人種に初めて会ったが、もちろん人それぞれではあるだろうが、単純に演技ができるというだけで特に変わったところはない。

人は誰しも、家族以外の人に会うときにはたとえそれがごく親しい友人であっても、その場に応じた仮面を付けるだろう。自分でそう思っていなくても、演技をするはずだ。会社にいるときと自宅にいるときではまるで違うという人は大勢いる。

俳優は、それを仕事としてできるだけのこと。

それでもやはり、身の内から放たれる光のようなものが違った。大多数の人間に見られるということを選べる人はそういうものが備わっているんだろう。

連絡のために電話番号もメアドもＬＩＮＥも全部交換できた。すぐに応対できるかどうかは別にして、いつ連絡してきてもらってもいいという確約も得た。

とはいえ、何せ人気女優さんだ。今度もし連絡してそして会うことがあるとしたら、それは最上紗理奈さんが見つかったときだろう。

生きているにしろ、死んでいるにしろ。

コーヒーが落ちたところで、マグカップに入れてデスクに着く。

「さて、仕事だ」

行動計画書を作る。明日からすぐにでも動くために。

捜索対象者は〈最上紗理奈〉三十五歳。

北海道知事の秘書だった彼女は、半年ほど前に恋人と別れている。恋人の名前は不確定だが大久保さん。前の会社の関係者であろう、と。

二ヶ月ちょっと前に、秘書職を辞めている。理由はわからないが突然だったらしく、秘書課から真奈さんに後処理のことで電話があった。その段階で、行方がわからないということが発覚した。

住んでいたマンションから引っ越したのも、辞めたのと同じような時期。

マンションから引っ越しの際には管理会社が立ち会っている、か。

「ここだな」

いちばん手っ取り早いのは、次の引っ越し先を確認することだ。

次に住むところを決めずに引っ越しをする人は、そうはいない。

死出《しで》の旅路というのならもちろんその限りじゃないが、紗理奈さんがそんなことを考えてはいないことを祈るばかり。

最上紗理奈さんがどこに引っ越したかがわかれば、そしてそこに住んでいることが確認できれば、もうこの件は解決。

百万円という前金を使う間もなく、そして調査費用を使うこともなく解決してしまうのはちょっとおもしろくないけれども、何事も早く終わるのに越したことはない。

社会人になって一人暮らしをしたことがある人なら誰もが経験することだろうが、次の転居先を前の部屋の貸主には知らせなきゃならない。ほとんどがそうだ。そうしないと、引っ越した後の連絡が滞りトラブルになる可能性がある。

たとえば、部屋がとんでもなく汚れていて清掃料金を請求しなきゃならないとか、その反対に敷金返却しますとか、そういう類《たぐ》いの連絡だ。

だから、紗理奈さんの住んでいたマンションの管理会社もしくは不動産業者には、紗理奈さんの今の住所が書類として残されているはず。賃貸契約するときに保証人を立てているのなら、その保証人の連絡先しか残されていないという場合もたまにあるが、それにしたってその保証人から行く先を辿ることもできる。

ただ、管理会社も不動産業者も、新住所を教えてはくれない。

たとえ家族が乗り込んだとしても、それ相応の理由がなければ教えられない。法律違反になる可能性もあるし、何よりも大きなトラブルの種になりかねない。

家族でさえそうなのだから、探偵がひょいと行ったところでまず無理だろうし、いきなり教えてくれたら逆に不安になってしまうだろうな。何かの罠《わな》なんじゃないかって。

「まずは、ここからか」

紗理奈さんの住んでいたマンション。賃貸マンションだが、昼間は常時管理人がいるタイプの大きなマンションだ。

順番に行こう。

それがいちばんの近道だ。

管理人に直接当たって無理だったら、管理会社へ行ってみる。十中八九無理だろうが、何事もまずは当たってみなけりゃわからない。

それに、世の中、どんなものにも抜け道や裏道はある。

刑事の頃に知り得た人脈の中には、その手のものに使えそうな人物が幾人かはいる。不動産業なんていうのは、そういう連中が数多く存在しちゃったりもする。使わないに越したことはないが、どうしても無理なら使う。

それがダメなら友人関係に当たって、行き先を知らないかを訊いて回る。

大学の同期の花田さんその他は宮島に頼んであるから連絡待ち。

恋人だったという大久保さんは前の会社の関係者。同じく同じ会社の上司の蕪さん。こちらは東京の総合商社日徹なので、捜すにしても後回しになるか。それでも、北海道から働いたことのある東京へ行くというのは充分に考えられることだ。

残りは、親しかったかもしれない札幌のセレクトショップの店長さん、か。

何よりも、北海道知事の坂東さん。

失踪の原因なんてものは、ほとんど大抵は人間関係のもつれにある。男と女の仲だったり仕事の失敗だったり。坂東知事はその仕事関係の部分で紗理奈さんと繋がる人物だから、そこも早急に当たってみることができれば。

「お」

光くんからＬＩＮＥ。

〈父は知事を知っているそうです。直接連絡もできるそうなので、ここ何日かの知事が会えるスケジュールを訊いてみましょうかって言ってます〉

めっちゃラッキーだ。

〈お願いします。私はいつでも何時でもどこにでも伺いますからってお伝えください〉

〈了解です〉

磯貝探偵事務所は、桂沢家と青河家にお中元お歳暮を贈らなきゃ駄目だな。真剣に考えよう。

＊

紗理奈さんの住んでいたマンションは北大の正門近く。

何故この場所にしたのかはわからないが、まぁ地下鉄の駅も近いし、冬場じゃなければ道庁までなら自転車でもなんだったら歩いてでも行ける。タクシーを使ってもすぐだ。ひょっとしたら北大に在学中からこの辺りに住んでいて、土地鑑があったからかもしれないな。

日中は管理会社が一階の管理人室に人を置いているタイプのマンション。十階建てで煉瓦色《れんがいろ》の壁面、新しくはないが、古くもないって感じか。まぁまぁ住みやすそうなマンションだ。

管理人がいて助かる。手っ取り早く行く。駄目だったら本元の管理会社を当たる。

「すみませーん」

ガラス戸を叩く。音がしてすぐに人が顔を覗かせる。

中年、いやもう初老と言ってもいい年齢の男性。薄くなった頭髪に丸顔に黒縁眼鏡《くろぶちめがね》。人の好《よ》さそうな笑顔。

「はいはい」

「お仕事中、申し訳ありません。私、こういう者でして」

名刺を差し出す。

少し眼を細めて見てから、ほぉ、という感じで口が開く。

「探偵さん？」

「そうなんです。実は二ヶ月ほど前にここを引っ越した最上紗理奈さんという女性についてちょっと調べていまして」

最上紗理奈さん、と声に出さずに繰り返したのがわかった。

「調べてるって、その人に何かあったんですか」

受け答えや表情、態度からこのおじさんは常識も良識もある普通の男性だと判断した。素直に話そう。

「実は、最上さんのご家族から、紗理奈さんが失踪しているので居場所を捜してほしいと依頼がありましてね」

「失踪」

顔を顰めて、軽く驚く。きっとこの人に家族がいるのなら、子供は紗理奈さんぐらいの年齢だろう。

「引っ越す際に管理会社の方が立ち会ったと聞きましたが、あなたでしょうかね」

「私が立ち会いましたよ。え、失踪ですか？」

「そうなんですよ」

失踪しているんです、と、改めて言う。

「彼女は引っ越し先を家族の誰にも伝えていなくて、まったくの音信不通になってしまっているんです。引っ越し先はこちらで確認できませんかね？」

いやぁ、と大きな声を出し薄くなっている頭を叩きながら立ち上がった。どこへ行くのかと思ったら、そりゃあなんてことだろうねぇ、と声がぐるりと部屋の中を回って、ロビーに面した管理人室のドアが開き、名刺を見つめたまま出てきた。

意外と身長が高い。そして身体の動きにも見かけの年齢に見合わない軽やかさがある。このおじさん、ひょっとしたら身体を鍛えているのかもしれない。

「本当に失踪しちゃっているのかい？」

「どうもそのようです。私は捜索依頼を受けただけの者ですが、誰とも連絡を取っていないし、携帯もまるで繋がらないようなんです。家族は途方に暮れていましてね」

「まったく？　何の連絡も？」

「まったく。なので、こうして私に依頼が来ているんです」

「疑うのはあれだけど、本物の本当にちゃんと働いている探偵さんなんだろうね？　何か怪しい詐欺とか、そんな人じゃないんだろうね？」

顔を顰めてこっちを見る。仮にそうだとしても実は詐欺なんですよー、とは言わないと思うよ。

「探偵の名刺を出すような凝《こ》った詐欺は今のところあまりないとは思いますが、間違いなく私は私立探偵です。信じてもらうしかないのですが」

　こういうこともよくあること。なので、免許証と、ついでに健康保険証も見せる。見せやすいようにパスケースに入れてある。

「この通り、偽名を使ったりしていませんよね。何でしたら住所を控えてもらっても結構です。どうしてもその他に身元保証が必要であれば、小樽警察署に電話してもらっていいですよ」

「小樽警察署？」

　驚くように眼を大きくさせる。この人が人懐こそうに見えるのは、このつぶらな瞳のせいかもしれない。

「実は、元は刑事でした。警察官です。ほんの二年ほど前まで」

「刑事さん」

「これも、本当ですよ」

　今まで何度かこの会話をしている。何で辞めてしまったんだと訊かれると困るのだけれど、大体の人は信用してくれる。

「そうかい、元刑事さんで今は探偵かい。何だか映画みたいだね」

「私もそう思ってます」

　笑って見せる。実際、刑事から探偵になった男は少なくとも小樽警察署の歴史では初のはずだ。

　なるほど、と頷く管理人さん。

「最上紗理奈さんね。ついこの間のことなので覚えているし、間違いなく立ち会ったんだけどもねぇ。どこへ引っ越したかは書類に書いてもらったけれども、ここでは教えられないんだよねぇ。元刑事さんならわかるよね？」

「そうですよね。もちろんわかってはいたんですが、こういう仕事なのでまずは確認してみなければ始まらないので」

そうだよね、と頷いてくれた。

「こちらの管理は、えーとお名前をお聞きしても？」

「あぁ、長崎《ながさき》です」

長崎さん。

「もうここにお勤めされて長いんですか？」

「そうだね、ここの管理を担当して、五年ぐらいになるかな」

「あ、じゃあ最上紗理奈さんのことも、ずっとご存じでしたか」

「いやいやぁ、顔を見ればあぁうちの住人だな、となるぐらいのもんで。会話したことも何もないからよく知ってるとは言えないねぇ。そもそもここ大きいから、全戸の人を把握しているかと言われたらそうでもないしね」

まぁ、分譲ではなく賃貸のマンションなら確かにそんなものだろう。部屋の入居者の出入りだってそれなりに頻繁にあるのだろうし。

「でも、当日は退去の際に、最上紗理奈さんと一緒に部屋の確認をされたんですよね？」

顔を顰めた。

「元刑事さんにごまかしてもしょうがないから正直に言うけどね」

「はい」

「最上紗理奈さんだと思うよ、としか言えないね」

「そうなんですか？」

「本人がそう言って鍵をここに返しに来たからね、私もあぁこんな人だったかな、程度のものでね。別に免許証を提示してもらうわけでもないから」

iPhoneを出して、紗理奈さんの写真を見せる。

「これが、最上紗理奈さんなんですが」

眼を細めて、見る。

「そう、こんな人だったね。髪の毛が長くて黒くて、少しきつい眼をした女の人ね。この人だと思うよ」

思う、か。

まさかとは思うが、別人が、似た女性が紗理奈さんになりすますようなことだったら判別できないかもしれない可能性もある、か。賃貸の引っ越しならその程度の認識でもいいわけだ。管理会社としては、部屋がきちんとしていて鍵さえ返してもらえれば何も問題はないのだから。

「当日は、ずっと立ち会われましたか？」

「ずっと、ってわけじゃないよ」

引っ越しの知らせは来ていた。その時間に業者が来て、荷物を運び始めた。

長崎さんは管理人室でその荷物を運び出すのを確認していて、終わった頃に紗理奈さんがお世話になりましたと鍵を戻しに来た。

「鍵を二つ、間違いなくこちらが渡したものだと確認して受け取ってから、もう一度一緒に部屋まで戻ってね。部屋の鍵を開けて中を確認するんだ。そういう手順でね」

確認はマニュアルの手順通り。

鍵はちゃんと機能しているか、部屋に荷物は残っていないか、そして眼に見える範囲での破損個所はないか、同じく壁や床などに眼に余るような汚れはないかなど。

「特に問題はなくてね。女性の場合はそうだけどきちんと掃除して終わらせる人が多いからね」

きれいに使われていた部屋だったそうだ。

これだったら敷金なんかも少しは返ってくるんじゃないですかね、という話をしたら紗理奈さんは嬉しそうに微笑んでいた。

「で、書類に記入してもらい、はい、じゃあこれで終わりですねってね」

態度におかしなところも何もなかった。部屋を出て、そこで紗理奈さんとは別れた。

「書かれていた新住所は、見ました？」

念のために訊いてみると、長崎さんは悪戯《いたずら》っぽく笑う。

「ダメダメ。見たけど教えられないよ。そもそも細かいところまで覚えていないよ。覚える気もまったくないしね。まぁ」

唇を一度歪《ゆが》める。

「札幌だったというのは、覚えてるかな。これは本当。それ以外の住所は何にも覚えていないね」

「ありがとうございます！」

それぐらいならいいか、と思ってくれたか。

そして、それだけでもとんでもなく助かる。とりあえずは札幌に新住所があるってことは、東京行きはまずはしなくていい。

「どうしても新住所が知りたかったら、本社に言ってもらってね。でも、それなりのことをしないと、あるいは理由がないと教えてもらえないと思うよ」

「ですよね」

「依頼人は、ご家族って」

「そうなんです。具体的には最上さんの妹さんですが、もちろん親御さんも同意しています」

一瞬、真奈さんの名前を出そうかとも思ったが、二人が姉妹であることは明らかにしないと約束したし、長崎さんがドラマを観るようなタイプかどうかは読めなかったので止《や》めた。

長崎さん、ううん、と唸《うな》ってから眉を顰《ひそ》めた。

「私にはこれ以上は何にも言えないけどね、探偵さん」

「はい」

「もう一度確認だけど、間違いなくあんたは、その最上さんの妹さんから依頼を受けた探偵さんなんだろうね？　最上さんの行方《ゆくえ》がわからなくなって、ご家族が心配しているんだね？」

「間違いありません」

信用してください、と、表情を引き締める。

長崎さんは、小さく息を吐く。

「元刑事さんってことだから、信用して言うけどね。いやね、実はね、ちょっと心配になったというか、感じたことがあったんだよねぇ」

心配？

「何がですか？」

「引っ越しの日にね。最上さんか、彼女の荷物を運びに来たのは、普通の引っ越し業者じゃなかったと思うんだよね」

普通の業者じゃない？

「どういうことですか？」

「元刑事さんならわかるよね。整理屋っての？」

整理屋。

もちろんわかる。他にも似たようなことをやっている連中の呼び方はいろいろある。片付け屋とか、回収屋とか。

中でも整理屋は、要するに不用品回収業者であることは間違いないんだが、主に夜逃げしたような連中の部屋に残された荷物を引き取って、整理するのが得意な業者だ。一応真《ま》っ当《とう》な商売ではあるが、運送事業の許可を得ていなかったり、届出をしていないこともあったりして、法律上はグレーゾーンな部分がなきにしもあらず。

「私ねぇ、まぁここの管理やってからはそういうのに会ったことはないんだけど、以前に二度ほど夜逃げした事務所でね、整理屋さんたちと一緒に立ち会ったことがあってね」

整理屋に。

「それは、どういう経緯で」

「保証人とかになっちゃっててさ」

なるほど、その事務所の賃貸契約の保証人になっていて、そいつが逃げ出したというわけか。

「友人は選んだ方がいいってことですね」

「まったくね。で、その二回とも偶然だろうけど同じ整理屋さんでさ」

「じゃあ、その人が」

こくん、と頷いた。

「来ていたんだよ。お互いにちょっとびっくりしたね。何も話さなかったけどさ。私が知ってるメンバーとは違ったし、その男も皆と揃いのシャツとか着ていたからね。ただの引っ越し業者に鞍替《くらが》えしたのかなぁとは思ったんだけど」

「少なくとも、一般的な引っ越し業者ではなかったということですね」

「そういうこと。まだ若い女性がねぇ、引っ越すならごく普通の引っ越し業者か、もしくはまぁ荷物が少ないなら赤帽さんとかね」

「友人にレンタカーでトラック用意してもらうとかですね」

そうそう、って長崎さんも頷く。

普通は、そうだ。整理屋もしくはそんな商売をやっていたところに引っ越しを頼む必要はない。

「その整理屋さんと最上さんが話していたかどうかは、見ていないんですね」

「見てないね。どんなやり取りしていたかはわからんよ」

紗理奈さんがその男と知り合いという可能性も、あるか。

「男の連絡先を、長崎さん知ってるんですか」

「知ってるんだよ」

頭を掻《か》く。

「教えてください。ご迷惑はお掛けしません」

そこは、元刑事だ。

「そういう連中のことは調べればすぐにわかります。長崎さんから辿ったとは知られないようにします」

うん、と、頷いてくれた。

「心配だしね。最上さんね。まだ若いのにね」

ちょっと待ってて、と、管理人室に戻っていく。すぐに戻ってきて、メモを渡してくれた。

「二回目に会ったときにね、またあんたか、ってね。お互いに苦笑いしてさ。昼飯一緒に食べたんだよ。そんときにね、何か処分するものに困ったら言ってきなってね。縁があるんだろうからさって」

名刺を渡してくれた。表の商売の名刺だろう。それをメモしてくれた。

「今も通じるかはわかんないよ？」

「了解です」

〈飯島《いいじま》商会〉

飯島武蔵《たけぞう》さん。

字面からして強そうだから覚悟しておくか。

# 4

初日の朝から動いてすぐに手掛かりが見つかった。幸先《さいさき》がいいとはこのことだ。

「あれだよ、もしも最上さんがどうしたのかわかったら、電話でいいから教えてよ。気になるからさ」

「わかりました」

長崎さん、いい人だ。

礼を言ってマンションを出て、通りに立って改めてメモを眺める。

〈飯島商会〉さんは厚別《あつべつ》区厚別にある。住所からすると、この辺は確か工場とか倉庫とかが並んでいる辺りじゃなかったか。iPhoneでマップを確認する。

「やっぱりこの辺か」

整備工場や大企業の倉庫なんかが並んでいる一角に、確かに〈飯島商会〉の文字。

地図に名前がしっかり載っているというのは、意外と真っ当な仕事をしているのかもしれない。倉庫を持ってそこに整理した品物を置いておいて、あれこれやっているって感じなのか。整理屋なんていうグレーな商売は、ひょっとしたら表の仕事の片手間にやっているのかもしれない。

そういう人も、いる。そもそもが夜逃げした会社の什器《じゅうき》や何かを整理するなんてのは、大した利益にもならない。余程いいものが揃っていたのなら別だが、夜逃げするような会社にそんないいものは揃っていないだろう。

電話してから行くか、直接訪ねるか。

「直接だよな」

電話して警戒されても困る。予算はたっぷりあるんだから、JRの厚別駅からタクシーでもいいか。いや、一度事務所に戻って車で行った方がいいな。確かあの辺は流しのタクシーはあまり通らないんじゃなかったか。

「お」

ＬＩＮＥ。

宮島から。

〈喜べ。最上紗理奈さんの友人である花田さんがわかった〉

〈早いな〉

〈電話する。いいか〉

〈いいぞ〉

すぐに着信。

「花田ゆかさん。現在は旭川《あさひかわ》に在住だ。そして結婚されて名前は東《あずま》ゆかさんだ」

結婚したことまでわかったのか。

「凄《すご》いな。何で昨日の今日で、しかも朝っぱらからそんなにわかった」

「簡単だった。当時の学籍名簿から名前を確認したんだが、花田ゆかさんのすぐ下に樋口愛《ひぐちあい》ちゃんがいた」

「愛ちゃん？」

誰だそれは。

「俺の大学のときの友人で城下《しろした》を覚えていないか。昔一緒に温泉に行ったろう、城下が働いている」

あぁ。

「覚えてるよ城下くん」

温泉旅館の従業員にはうってつけの、明るい笑顔が素敵な城下くんだ。

「樋口愛ちゃんはその城下くんの当時の彼女で、今は奥さんだ」

「へぇ」

「城下を通して愛ちゃんに確認したら、花田ゆかさんとは今も年賀状を出し合う程度の付き合いがあるって。その年賀状で現住所がわかった。もちろん結婚して一人息子がいることも」

またしても幸先がいい。

「その愛ちゃんは紗理奈さんとは友達じゃなかったのか」

「覚えてはいたが、親しくはなく卒業以来どころか在学中に話したこともそんなにないそうだ。なので今回の件は何にも知らない。花田ゆかさんの住所はメールで送る。その他はまだ何にもない」

「助かった。引き続き頼む」

「了解」

電話を切る。宮島は准教授として講義をしているより、こっちの仕事を手伝っているときの声の方が生き生きしている気がずっとしているんだが。案外あいつもこっち側の人間じゃないかと。

メールが届く。

旧姓花田、現姓東ゆかさんは、旭川市の春光《しゅんこう》という町に暮らしている。電話番号は本人の携帯番号。旭川市に土地鑑はまったくないが、JRで一時間半ほどで着くはず。車でも、高速道路を使えば二時間掛からないだろう。こちらはまずは旭川市に行って、そこから電話して訪ねた方がいいだろうな。午後からでも充分行って帰ってこられる。

まずは、〈飯島商会〉か。

そこで荷物を運んだ新住所がわかれば、東ゆかさんを訪ねて驚かせることも手を煩《わずら》わせることもない。

駐車場が広い。

そのすぐ隣、二階建ての四角い事務所のビルに、敷地内には大きなクリーム色の倉庫。高く積まれたコンテナには様々な資材か、リサイクルの部品か。フォークリフトが忙しそうに動いて何かを運んでいる。

予想以上に大きな会社だった。とても整理屋なんていう商売をやっているとは思えないが、実は案外そういうものだったりする。

社長が、自分と秘密厳守できる社員何人かで、そういう仕事をやっているところを知ってる。それも商売ではなく、慈善事業みたいな感じでだ。止《や》むに止まれずそうなってしまったところに、高く買い取って少しでも金銭的なバックアップをしてあげるために。

案外〈飯島商会〉の飯島武蔵さんもそんな感じなのかもしれない。

庇《ひさし》だけが赤く塗られている事務所とおぼしき四角いビルの正面玄関から入る。飾り気もなにもない、外から見たまんまの直方体の中にざっと二十人ばかりの従業員。

事務関係の人と、作業着を着ている人が半々。受付は何もなく、来客に対応するカウンター代わりだろうキャビネットの横に女性の事務員さんが数人座っている。

「すみません」

「はい」

すぐに立ち上がってキャビネットを挟んで向かい合ってくれた。

「磯貝と申しますが、飯島武蔵社長はおいでででしょうか」

名札もない女性事務員が首を横に振って、見る。同時にすぐそこの机でパソコンと向かい合ってい
た男性が顔を上げてこっちを見た。

入り口のすぐそこにいるのか飯島さん。とてもそこは社長の席とは思えないが。

グレーの作業着、銀縁眼鏡。身長はそれほど高くはないが、ほぼ坊主頭《ぼうずあたま》にいかにも柔道をやって
いたんじゃないかという潰れた耳に、分厚い身体。キーボードを叩くにはつらそうな太い指。

威嚇《いかく》はしないようにしよう。

「はい」

どなたでしょうか、という表情を見せながら立ち上がって、こっちに来る。身長は同じぐらいか。

「飯島ですが」

「お忙しいところ恐れ入ります。磯貝と申します」

名前だけ言って、名刺を差し出す。それを見て表情が、すっ、と引き締まる。ほんの微《かす》かに眼を細
める。すぐ近くの事務員さんに聞かれないように探偵です、とは名乗らなかった。飯島社長も、唇を
細めて言いかけたその言葉を引っ込めたように思う。

「どういうご用件でしょうか？」

「はい、北区《きた》のマンション〈ガーデンプレース12〉での引っ越しの件について、少々確認したいこと
がありまして。お時間いただけないでしょうか」

表情が、曇る。値踏みしていたような眼の光が鋭くなる。

「そうですか。すぐ済みますよね？」

「二、三分もあれば終わる話だと思うんですが」

「どうぞ」

手のひらで示したのは、入り口脇にある会議室とプレートの貼ってある部屋。

「柴崎《しばさき》くん、お茶はいいよ」

「はい」

そうか、応対してくれた女性は柴崎さんというのか。そしてお茶はいいとわざわざ言ったのは、彼女がお茶を持ってきて退出するまで他愛《たわい》ない話をして誤魔化《ごまか》す時間ももったいない、といったところか。

会議室にはごく普通の合板の会議用テーブルが四つ真ん中に並べてある。それに、これもごく普通のパイプ椅子。

「どうぞ」

「失礼します」

「で、探偵さん」

ごく普通の声音。まっすぐにこっちを見る眼に、何も込められていない。

「はい」

「そのマンションの話は広めたりしないでくれるかな？　くれてるよね？　あぁ受付に来たあの子には適当に誤魔化しておくからいいけどね」

そうですか。

つまり、整理屋の仕事は社員には内緒でしていると確定ですね。

「どこにもしていませんし、今後もすることはありません。私は一人でやっていますから他に知る人間もいません」

正確にはバイトで使う数人がいますが、もちろん口は堅いのでご安心を。飯島さんが、軽く頷き息を吐く。

「で、何を知りたいの」

「荷物はどちらの住所に運ばれたのかがわかればありがたいのですが」

少し唇を歪めた。

「住所って、ここだけど」

「ここ？」

軽く頷く。

「もう売ったものもあるけどね。残っているものもあるけど？」

「すみません。引っ越しの荷物を新しい住所に運んだのではないんですか？」

荷物を売った？

眉を顰める。

「まぁ引っ越し荷物といやぁそうだろうけど、全部処分だよ。何もかも。そう頼まれて運んだだけの話だが、違うと思って来たのか？」

「引っ越し荷物を頼んだのは、最上紗理奈さんですよね」

飯島さんは、座った尻を浮かせてポケットから黒い手帳を取り出して、開く。顔を顰めながらページをめくる。

「そんなような名前だったと思うが、あぁそうだ最上紗理奈さんだな、間違いないよ、そうメモしてある」

「その人とはお知り合いではなかったということですか」

首を縦に振る。

「違うな。役所の関係者から頼まれただけだ。この女性の部屋から荷物を、引っ越し屋の体《てい》で運び出して全部処分してくれってな」

全部処分。

それは、引っ越し先には家具から家電まで何から何まであるからいらなくなったってことなのか。それとも、今までの自分の生活の痕跡を全て消そうとでもしたのか。

「なぁ探偵さん、どうして探偵さんがこの件でうちに来たんだ？　俺はただ整理を頼まれただけだ。他には何も知らない。何があった」

「その最上紗理奈さんが失踪しているんです」

失踪、と、小さく繰り返した。

「それは、あの日に荷物を運び出してから、そのまま行方知れずってことかい」

「おそらくそういうことです。私は最上紗理奈さんのご家族から依頼を受けて、彼女の行方を捜しています。引っ越し当日、たまたまですがあなたの会社のトラックがマンションの前に停《と》まって荷物を運んでいるのを見た人間がいましてね。それで、ひょっとしたら荷物を運んだ先を知っているんじゃないかとお伺いしたわけです」

嘘をつく。

管理人の長崎さんに迷惑が掛からないように。飯島さんが、少し身を乗り出した。

「随分都合のいい偶然だな。あの日のトラックは無印だ。どこにもうちの会社名なんか書いてなかったぞ」

「パトカーが通り掛かったのに気づきませんでしたか？」

「何？」

「私は、元刑事です。かつての同僚があなたの顔を見知っていましてね。そいつが教えてくれたんですよ」

もちろん、嘘。

でも、整理屋なんてことをやっているのなら、この手の嘘は効くはず。案の定、舌打ちでもしそうに口を少し開けて、閉じた。

「なるほど、そういうことか」

こっちを改めて見つめる。

「引っ越ししてから行方知れず、引っ越し荷物が運ばれたときに〈整理屋〉さんであるあなたのところのトラック。では、彼女の荷物を運んだのは飯島さんなのではないか、と推測できたわけです」

どこにも無理はない、嘘。

「引っ越し先の住所なら不動産屋が知ってるだろう」

「不動産屋さんが、借り主の新住所を簡単に教えてはくれないのは、ご承知でしょう？」

整理屋さんなどという裏のこともやっているのなら。飯島さんは、そりゃそうか、という表情を見せる。

「元刑事さん？」

「はい、本当ですよ」

「何で辞めて探偵なんかやってるんだ、ってのは余計なお世話か。じゃあ隠してもしょうがないが、さっき話した通り、頼まれて荷物を運んで整理した。ただそれだけだ。その最上紗理奈さんがその後どうしたかなんて、まったくわからない」

顰め面《つら》でそう言って、でもすぐに表情を緩める。

「失踪ってのは、どうしちまったんだ。せいぜい三十前後のまだ若い子だったろう。何かトラブルでもあったのか」

飯島さんもきっと根っこはいい人だ。

「私にも、まだ何もわかりません。飯島さん、その役所から頼まれた、というのはどなたに頼まれたのですか。最上紗理奈さんから直接ということではないのですよね？」

「違う、が」

またこっちを見る。唇を歪めて、何か考えている。

「俺はあんたに教える義務も何もないんだが、失踪なんて真面目《まじめ》な事件なら話は別だな」

失踪が真面目な事件というのはおもしろい視点だ。

「元刑事さんなら、わかってもらえると思うが、お役所から頼まれる裏の案件なんてのもうちの業務の範疇《はんちゅう》にあるんだよな」

「なるほど」

役所関係の人間が、表に出せないものを整理屋もしくは回収業者に回収してもらうことは、確かにある。

普通なら公示して競売《けいばい》とかそういう形にするんだが、そうしてもしょうがないもの、もしくはできないものは、出る。公にはできない事件関係のものか、公にするとトラブルの種にしかならない一般市民対象の案件。

たとえば、惨殺《ざんさつ》とかがあった家の遺品整理。身内が一切いなかったらそれは役所が対処するしかない。その他にも、いろいろ権利関係が揉《も》め続けて結局八方塞《ふさ》がりになった物件の始末とか、そういうものだ。そんなものは誰も引き受けたがらない。

昔に捜査した事件でも、そういうのが一件あった。あれは、小樽市役所の方で何とかしたはずだ。

「では、誰とは言えないでしょうけど、お役所関係の公務員からそういう依頼があり、今回のマンションの現場には最上紗理奈さんがいた、と」

「そういうことだ」

「何か、彼女と話はしましたか」

「挨拶《あいさつ》だけだ。その場で金銭や書類の授受なども一切なし。ただ立ち会って、ご苦労様でした、では失礼します、とね。まさしくビジネスライクってやつだ。俺はてっきりその最上さんもお役人の一人なんだろうと思ったがね。そもそも運んだ部屋の荷物がその最上さんのものなんて思ってなかったよ」

どこぞのお役所の人が立ち会いに来た、と思っていたそうだ。

確かに無理がない。たぶん僕でもそう思う。そして紗理奈さんをお役人だと思ったのも、ある意味では正解。間違いなく彼女はお役人の一人だったのだから。

飯島さんは嘘を言ってない。そもそもここで嘘をつく意味がない。

せっかくの手掛かりは、ここで途切れたか。

新住所に荷物は運んでいなかった。こうなると、マンションを引き払うときに紗理奈さんが書いたであろう新住所の方も怪しくなってくる。

適当な住所を書いておいて、事前に手紙や書類などが届かないようにさっさと不動産業者で直接手続きをする。もしも敷金返還などがあるんならそうやって済ませてしまう、という方法だってある。

あるいは、新住所はそういうことに協力してくれる知人の誰かの家、ということも考えられる、か。

どっちにしても、紗理奈さんは何らかの覚悟をして、引っ越しをして行方をくらましたことになる。

「もういいかな？　この先何かトラブルがあろうとこっちは何ひとつ関係ないから、よろしくな」

「あ、すみません最後に二つばかり」

iPhoneで紗理奈さんの写真を見せる。

「立ち会った最上さんは、間違いなくこの人だったでしょうか」

飯島さんは眼を細めながらディスプレイを眺める。

「たぶん、そうだとしか言えんな。長い黒髪に細面《ほそおもて》。ちょっとキツイ感じのな。覚える気もなかったしその一度きりしか会ってないんだから、後からそっくりさんでしたって言われても責任は取れん」

それはそうか。

「もうひとつ、お役所の関係者は札幌市役所の方ですか？」

嫌そうに唇を歪めた。

るか。


「まぁ、市じゃないな」

道か。道庁の方なら、それはそれで確かに紗理奈さんとは繋がる話になっていくから、納得はできるか。


駐車場で、車を出す前に煙草《タバコ》に火を点けた。

窓を開ける。紫煙が流れる。飯島さんの会社から三人作業着姿の男性が出てきて、忙しそうに倉庫の方に歩いていく。

真っ当な仕事の方は、きちんと動いているんだろう。そうじゃなきゃこれだけの規模の会社を維持はできない。整理屋は本当にボランティアなんじゃないかな。

飯島さんは嘘を言っていない。それは間違いない。まぁ騙《だま》されるほどに演技が巧《うま》いのなら別だけど、間違いなくそういう人じゃないだろう。雰囲気からして、若い頃にはいろいろあった感じはあるが、真面目に仕事をしている人だ。

新住所を辿るのがいちばんの早道だが、こうなるとマンションの管理会社もしくは不動産業者に確認しなきゃならないか。

どの手を使うか。

どの手を使っても面倒なのでやりたくはないのだけれど。

iPhoneが鳴る。

光くんからＬＩＮＥ。

〈今札幌にいるんですけど、父から連絡ありました。知事さん、会えるそうです〉

よし、ありがたい。

〈一度事務所に戻りますが、今どこです？〉

〈街中《まちなか》にいますよ。事務所に行きましょうか。文さんも一緒なんです〉

一緒に買い物にでも来たか。

まだお昼前。どこかでお昼ご飯には早すぎるな。

〈では三十分後に。美味しいケーキでも買っておきます〉

＊

文さんが、美しかった。

いや、そもそも文さんは誰が見ても美しいと言うであろう女性なのだけど、まるでファンション誌から抜け出してきたみたいに、ドレスアップしていた。

「何かあったんですか？」

事務所に入ってきた文さんに思わず訊いてしまった。

「何かって？」

「いや、いつにも増して美しいご様子なので」

笑う。

「これ、真奈ちゃんに貰った服なのよ」

「あ、そうなんですか」

体形は、ほとんど同じだろう。文さんの方が若干だけれども小柄かもしれないが。

「空港まで送ってきたのよ。真奈ちゃんを」

そうか、今日帰ると言っていたが見送りしてきたのか。

「マネージャーさんも誰も一緒に来ていないから、エスコートがてら、光くんと三人で行ってきたの。眼を誤魔化せるでしょう?」

「なるほど」

美しい女性も二人いれば両方に眼が行く。そして優男《やさおとこ》風の光くんがいれば、どういう関係だろう、美しい三姉弟《きょうだい》だろうかと想像してしまう。まさか女優の西條真奈がその中の一人だとは思わない。

「無事に、帰ったのですね」

こくん、と頷く。

「飛行機に乗って、〈女優・西條真奈〉に戻っていきました」

「フルーツのタルト、買っておきました。紅茶の方がいいですかね」

「あ、コーヒーにしましょう」

そうします。

「僕が淹れますよ。知事さんですけど、明日の午後六時からならプライベートの時間で会えるそうです」

光くんが勝手知ったるとコーヒーメーカーを準備しながら言う。

「どちらに伺えばいいですか」

「知事公邸に来ていただければ、だそうですよ。新しい方の知事公邸なので間違えないようにとのことで」

新しい知事公邸か。そういやついこの間、新しいのが出来上がったはずだったな。そういうニュースは見た。住所は、たぶん旧知事公邸と同じ場所だろうけど、後で確認。

「朝から動いたのでしょう？」

ソファに座って、文さんが言う。

「動きました」

「何か、わかった？　たぶん何もわかっていないだろうけど」

「それが、何もわからない、ということが充分すぎるほどにわかりました。初日にこれだけわからないのがわかるというのも珍しいです」

「そうなの？」

光くんがコーヒーを淹れて持ってきてくれるのを待って、皆でタルトに口をつけてから報告することにする。ここのフルーツタルトは特別に美味しいわけじゃないが、どれを食べても平均点以上だから、何を買うか迷ったときにはちょうど良い。

マンションで管理人の長崎さんから聞いた話と、そこから得た情報で、整理屋の飯島さんに会ってきた話を事細かに伝える。

ううん、と、文さんが唸る。

「本当に、午前中だけで随分いろんなことがわかったのね。行方がわからない、ということがはっきりと」

「そうなんですよ」

確定された事項は、まだ、ない。

引っ越し荷物が全部処分されたのは確かに確定事項だ。けれども、それで紗理奈さんの引っ越し先が消えてなくなったわけじゃない。新居に全て新しいものがあり、まったくの新生活を始めたということは、充分に考えられる。

「捨てるってことは、希望があるってことよね。これから死のうとしている人が荷物を処分したりはしないわね」

「そう思います」

死出の旅路を考える人は、そこにしか頭がいかない。自分の荷物を迷惑を掛けないように処分するなんてことはしない。

「ましてや部屋の掃除までしっかりしていますからね。立つ鳥跡を濁さずを実践して、そのまま自殺した人を私はまだ知りません」

「え、でもそうなると、新生活を始めるそこには誰かが」

光くんが言う。

「そうなんですよ」

新居に、〈誰か〉の影がちらつくことは間違いない。

今までの荷物を全て捨てて新生活を始めるというのは、彼女一人でそんなことをする可能性より、〈誰か〉と新生活を始めたと考える方が通りがいい。むろん、一人で暮らすという可能性は捨て切れないが。

「それも、男性とは限らないですけどね」

「そうね。むしろ何もかも捨てたってことは、案外女性と一緒に暮らす方がいろいろ不便がなくていいわよ。用意するものとかも」

「あぁ、そうですね」

その可能性も高いかもしれない。

「その、整理屋さんに依頼した道庁の誰かさんが、一緒に住む相手だったとかは、ないですかね」

「ないとは、言えませんね」

現段階ではどんな可能性もゼロではないけれども。

「そもそも部屋の荷物の処分を全部整理屋に頼むこと自体が、若干異常なことです。紗理奈さんにそう決意させたのが道庁での仕事に関わることならば、同じ職場のその人が深く関わっていることも、まぁあり得るかなとは思いますね」

「案外、その人はよくそういうことを頼まれてしているのかもしれないわね。だって、引っ越しのときにいらなくなる荷物の整理って大変だもの」

「一括して運んで処分してもらえれば楽ですよね」

「そうですね」

それも確かに考えられるか。

「単純に、いらなくなったものを処分するときによくそうしていた、というのも考えられますね」

お役人様だ。役人の正常は一般人の異常と考えた方がいい場合は、よくある。

「ねぇでも、さっきから思ってるんだけど、磯貝さん」

「何でしょう」

「そもそも引っ越しの現場にいた〈最上紗理奈〉さんって本人なんだろうかって」

「考えないようにしていました」

可能性としては、ある。

「長崎さんも、飯島さんも、紗理奈さんをよく知っているわけじゃありません。立ち会った人がそう言っているから、そうなんだろうと判断しただけです。極端な話、文さんだって髪を長くしてちょっとメイクを変えれば、知らない人に〈最上紗理奈〉と思わせることはできるでしょうね」

「できるわ。あの写真そっくりに」

紗理奈さんの身長はおそらく一六〇ない。文さんだってそれぐらいで、見た目の体形もそんなに変わらない。長い黒髪の女性というだけで、それは大きな特徴になるから、そうしてしまえば遠目にはわからない。

「でもそれは、怖い話になっちゃいますよね」

光くんが言う。その通り。

「とても真奈さんには言えません」

誰かが〈最上紗理奈〉に成り代わって、荷物を処分したということだ。

つまり、紗理奈さんはもうこの世にいないか、もしくはどこかに監禁でもされていることになってしまう。

「ケースCからケースZに変わっちゃいますよ」

「変わらないことを祈ります」

「なぁにそれ」

説明すると、文さんが顔を顰める。

「ケースZ1かもよ」

「何ですかそれは」

「紗理奈さんがこの世にいないんじゃなくて、紗理奈さん本人がこの世にいないことを演出しているのかも。何のためにかはまるで見当がつかないけれども」

それは。

「そっちの方も怖いですね」

怖いというか、不気味か。

「そういえば、文さんにひとつ確認したかったのですが」

「なぁに」

「西條真奈さん、最上真奈さんから、嘘の匂いはまるでしなかったでしょうね？」

それを、敏感に感じとる文さん。もちろん、そんな雰囲気はなかったから文さんは紹介してくれたのだろうが。

うん、と大きく頷いた。

「まったく、これっぽっちも。私の家の火事のことや記憶喪失のことも何にも知らなかったのも、嘘じゃないわ。ただ」

「ただ？」

「磯貝さんに対して、間違いなく演技していたと思うな。その演技というのが、もう女優として習《なら》い性《しょう》になってしまっているものなのか、意図的にしていたのかはわからないけれど。嘘と演技って紙《かみ》一重《ひとえ》でしょう？」

「そうですね。でも少なくとも文さんに接するときには、演技していなかったんですね？」

「していないと思う。あれは、不思議ね。私と話しているときには演技はしていなくて、光くんが入ってきたらまるでグラデーションのように演技に変わっていくの。女優ってすごいなと思ったわ」

人は誰もがいろんな顔を持つが、それを才能として発揮できるのが俳優、か。

「じゃあ、あれよね。管理会社や不動産業者の書類に書いた新住所を確かめることって、相当にまずいことなの？」

「もしも、その不動産業者に知人がいてちょっと調べてよ、うんわかったこれだよ、で、済んでしまえば、つまりどこにも誰にもバレなければなんてことはないんですよ。たかが引っ越し先の住所ですからね」

「そうよね」

「ただ、もしもそれがバレてしまったのなら、ましてや見ず知らずの男に伝えてしまったなんてのは、最悪です。その不動産業者は資格を失い仕事ができなくなり、社員全員が路頭に迷うかもしれませんね」

「最悪ですね」

「最悪です。だから、たとえば警察を通すとか向こうに迷惑を掛けないで知る手段は無きにしもあらずなのですが、できるだけやりたくない」

本当に最後の手段。

「じゃあ、次はどうするの」

知事に会うのは明日の夜なので。

「次は、旭川ですかね」

親しかったという友人、花田さん。

# 5

「運良く見つかった、大学の頃からの友人の花田さん、今は東ゆかさんですね」

なるほど、という表情をして文さんが頷く。

「旅行にも一緒に行くような親しい友人なら、何か話を聞いているかもしれないわね」

引っ越し先まで知っていていてくれれば、それで仕事が終了。経費もそんなに使わずに済み、成功報酬もいただけて皆が喜ぶ。

何故失踪したか、は、別にして。

「警察の方には、もう頼んであるんですか？　紗理奈さんと同じ背恰好の身元不明の遺体があるかないかは」

わかっているね光くん。

「話のわかる元同僚に頼んでありますよ。身元不明遺体を全国レベルで確認してくれと。仕事の合間にやってもらうんですぐには無理ですが、有能な子なので今日か明日には連絡が入るでしょう。ついでと言ってはなんですけど、さっきの不動産屋さんの件も一応頼んではあります」

「え、警察で調べられるかどうかですか」

「事件なら堂々とできますが、事件でもない行方不明者捜しでは、警察もどうにもできません」

あくまでも内緒で、紗理奈さんの書いた書類のコピーを取るとか、あるいはメモだけしてくれるとか。

「該当する不動産屋さん、もしくはマンション管理会社にそういうことをしてくれそうな知り合いのいる人が、警察内部にいるかどうかを確認してもらっています」

「民間の会社に知り合い、ですか？」

光くんが首を傾げる。

「たとえばお役所の上の人たちと、警察の上の人たちそれぞれに知り合いが多い、というのは納得できますよね？」

光くんが頷く。

「同じように、警察の上の人たちと、民間企業の上の人たちの繋がりというのも意外とあるんですよ。わかりやすいのは同じ大学出身とか」

「あぁ、そういう繋がり」

「他にも、警察活動に協力する民間企業団体というのも数多くあります。交通安全関係とか、暴対法関連とかですね。民間企業でも経済団体とかで上の方の人たちが意外なほど顔見知りっていうのはあるでしょう？」

「わかります」

光くんはお父さんからもそういう話は聞いているはず。

「それで、あくまでも知り合いに頼むという形を取るわけね。後で発覚しても面倒なことにならないように」

「そうです。平社員ではなく重役クラスの知り合いですね。重役クラスなら責任も重いですが口も重いです。同時に書類を勝手にちょっと確認するぐらいは誰にも咎《とが》められませんし、気にもされません」

「平社員なら責任は軽いですけど、その分口も軽いし、全員から咎められるってわけですね」

そういうことです。

「もしも運良くそういう知り合いが見つかって、つつがなく遂行できる目処《めど》が立ったのなら、光くんが適任だからやってもらおうかな」

「何をですか」

「簡単なお仕事です。札幌で一人暮らしを始めるということで、部屋を探しにそこの不動産屋さんに行ってもらって、いろいろ物件を見せてもらうんですよ」

「あ、なるほど」

そのついでに、メモを渡してもらうとか、あるいはコピーをそっと紛れ込ましてもらうとか。そういうお仕事。

「バイト代出します」

「やります」

まぁそうそう上手《うま》く行くはずもないんだが、行ってくれればラッキー。

「何度も言いますがあくまでも最終の手段ですね。民間企業の人間に警察の人間が借りを作るのはあんまりよろしくないから、知り合いでも無理は言えません。探偵は地道にやっていくのがいちばんです」

「じゃあ磯貝さんは、もうすぐにでも旭川に行くのね」

「行きますよ」

札幌から旭川まではＪＲで一時間半ぐらい。そして旭川方面行きは、大体三十分に一本は走っている。時刻表を確認せずとも、普通に札幌駅に行ってそのまま次に発車するものに乗ればいい。

文さんが、壁に掛けてある時計を見た。

「これから旭川に行って話を聞いても、夜までには余裕で帰ってこられるわね」

「そうですね」

花田さん、いや東さんか。彼女に電話して『夜しか会えません』などと言われてしまえば別だけれども。

「ちょうどお昼だから、駅弁も車内で食べられるわ」

「食べられますね」

「北海道にずっと住んでいるけれど、駅弁食べる機会って意外にないと思わない？」

駅弁を。

「それは、確かに」

札幌小樽間はたかだか三十分だし、旭川にしても一時間半だ。札幌旭川間で駅弁を食べる人はあまり見かけないように思う。仮にお昼に乗ったとしても向こうに着いてから食べればいいか、などと考える。

駅弁を食べるほどの長距離となると、たとえば札幌からだと函館《はこだて》とか稚内《わっかない》とか釧路《くしろ》とかだ。四時間も五時間もそれ以上の時間が掛かるなら買って食べようかとなるが、そこまでの長距離だと今度は飛行機もある。

長々とＪＲに乗るよりも、飛行機でさっと行ってしまった方が楽なのは間違いないし、実際今までもそうしてきた。

なので、確かに駅弁を食べる機会は少ないというかほとんどない。

「食べたいんですか？」

「食べたいわ。光くん旭川に行ったことあったっけ」

「あるよ」

「私もあるんだけど、記憶にはないのよね」

そして、文さんはこれからの予定は特にないと言う。

「その東さんには、向こうに着いてから電話するんでしょう？」

「そうするつもりです」

大前提として〈情報提供者もしくは所持者は何かを隠している〉と考えて行動するのが探偵の鉄則。会えることになったとしても、会うまでの時間が空いてしまうと、その間に何かこちらにとって都合の悪いことをされてしまう可能性が常にある、と思って行動しなければならない。探偵のみではなく、刑事の捜査活動でもこれは基本遵守事項だ。

だから、自宅の前まで行って、そこから電話してすぐに会ってもらうのがいちばんいい。すぐに会えないからと時間指定されたとしても、家に張り付いていられる。外に出たら尾行ができる。

「本当なら、電話もせずにいきなり家を訪ねたいところですけれどね」

さすがに犯罪の捜査ではないんだから、一般人のお宅にいきなり押しかけるのは失礼に過ぎる。

「いきなり知らない男性の探偵から電話が入るより、女性の関係者から電話が入った方が警戒されないし確実に会ってくれそうじゃない」

「それは、確かにその通りです」

要するに行きたいんですね、一緒に。

駅弁も食べてみたいし、関係者に話を聞くという探偵の仕事もついでにやってみたいんですね文さんは。

一人なら車で行くつもりだったが、三人で行くなら確かにＪＲ一択だ。運転には自信があるものの、長距離を、しかも高速道路で二人とも乗せて事故にでも遭ったらあの世で誰かに合わせる顔がない。

「バイト代はいらないから」

「ＪR代は払いますよ。経費で」

たっぷりあります。真奈さんも文さんが動く分には文句を言わないでしょう。


十二時発のライラック。旭川着は十三時二十五分。

指定席は前後四人分買った。文さんは海鮮の駅弁を買ってニコニコしながら席に着く。せっかくだからと僕と光くんはそれぞれ別の種類の駅弁を買った。

「ひょっとして、こうして指定席とか特急に乗るというのも」

「気分的には、初めてね」

未だに記憶が戻らないのだから、そうなるか。それはもう楽しそうにしていてもしょうがない。

「食べましょう。すぐに着いちゃうわ」

「そうしましょう」

いそいそとお弁当の包みをほどいていく。確かに、こうやって列車で駅弁を食べるというのも何年ぶりだろうか。

「向こうに着いてからはタクシーですか？」

光くんが訊く。

「いえ、レンタカーを借りましょう」

本当に予算に余裕があるって素晴らしいと思う。

「何度もタクシーに乗るよりは安上がりになるでしょうし、何らかの不測の事態にも対処できます」

そんな不測の事態なんて、起こらないとは思うけれども。

「でも、そのお友達がまったく何も知らない場合は、これも完全に無駄足になっちゃいますね」

光くんがご飯を口に入れてから言う。

「確かに無駄足ですが、彼女は何も知らない、という情報は得たことになります」

報告書に書く項目がひとつ増える。ひとつひとつ、可能性を潰していく。人捜しは、犯罪捜査と何も変わらない。

車内は空《す》いている。けれども人がいないわけじゃない。個人情報や詳細がわかるような単語は使わないようにと、光くんも文さんも心得ているはず。

「しかし可能性で言うなら、むしろ知っていても何も教えてくれない可能性の方が明らかに高いでしょうね」

「友達だから？」

「そうですね」

人生において、肉親の情よりも友人同士の情の方が厚いことなんか、ままある。

「親に嘘をつくのと、本当に親しい友人に嘘をつくのどっちが嫌ですか」

光くんが、唇を歪める。

「確かに、親に嘘つく方が楽かも」

「ですよね。なので、我々が家族のために動いていると告げても、お友達は友人のために嘘をつく可能性が高いということです」

もしも、紗理奈さんが何らかの理由で家族からも逃げるために失踪したんだとしたら、の話だが。

「じゃあ、私が来たのはむしろラッキーだったかしら」

「そうかもしれません」

その手の嘘は、ある程度は見分けられる。その自信はあるが、文さんの嘘を感じる感覚の方がはるかに鋭いことはわかっている。

「あ、発車」

景色が、動き出す。

文さんが窓の外を見つめながら、口をもぐもぐさせている。

「磯貝さんは、経験上どうかしら。今回のケースは、どんな感じに思えます？」

失踪の理由。

「何とも言えません。ただ、彼女は勝ち組か負け組かで分ければ勝ち組です」

「そうね」

有名大学を出て、一流企業に勤め、さらにスカウトされ知事の秘書というコース。

「そういう人間が、いきなりいなくなるパターンは僕の経験では二通りです。ちょっと口にはできない最悪の二通り」

前かがみになる。二人とも耳を寄せてくる。

小声で言う。

「自死か、他殺か」

「あぁ」

二人揃って顔を顰める。そういう顔をすると、この叔母と甥《おい》はよく似ていると思う。

「最悪ね」

「最悪です。意外と負け組の人たちがいなくなっても、しぶとくどこかで生きているというパターンが多いんですよ」

打たれ強い、と言ってしまうのもなんだが、意外とそういうものだ。

「ただもしも頼んである件で連絡が入って、同じ背恰好のそれが見つからなければまだ希望がありますす。その場合でも二通り。彼女は女性なので、男関係でのトラブルか、もしくは仕事絡みのトラブル。彼女は一般ではない仕事をしていましたからね」

「だから、えーと彼女のボスにも話を訊きたいんですね」

「その通りです。ここだけの話、もしも旭川で何の収穫もなければ、彼女のボスがいちばんの突破口ではないかと思っています」

政治絡み。

犯罪に関係しているかどうかはともかくとして、仕事絡みで彼女は自ら失踪を選んだ。もしくは、失踪させられた。

「真奈さんには言えませんしそう考えないようにはしていますが、生存率はかなり低いんではないかと見ています」

「五分五分ですか」

「それより悪いですね。あくまでも僕の中では、ですが」

七割方、紗理奈さんはこの世の人ではなくなっていると、思っている。

「でもそれは、いなくなった人間を扱うときの心構えでもありますけれど」

生きている方にかけるよりも、死んでいると思っていた方が何かと行動を取りやすい。

「あ、すみません」

iPhoneが震える。知らない携帯の番号が表示されている。箸《はし》を置いて隣の席に駅弁を置き、立ち上がってすぐに急ぎ足でデッキに出る。

「はい、磯貝です」

(東雲《しののめ》です)

おっ、来た。

「これ東雲ちゃんの個人携帯の番号?」

(そうです)

「登録しておいていいかな」

（どうぞ。若い女性の身元不明遺体についてですけど、今のところ身体的特徴や最終生存確認時期を照らし合わせて、該当するご遺体はありませんでした。全国をチェック済みです）

「ありがとう。助かった」

これで最上紗理奈さんは、今も生きてどこかにいる可能性が少しは増えた。あくまでも少しだけれども。

（それと、ご指定のあったマンション管理会社は、やはり防犯教育協会連合会の賛助会員のリストに入っていました。リストで照会してみましたが、磯貝さん、札幌中央署警務課の在原《ありはら》課長をご存じですよね）

「あぁ、在原さん。よく知ってる」

（在原課長の大学の同級生の方が、マンション管理会社の取締役にいます。新崎《あらさき》さんという方です）

「同級生」

（卒業が同年ですので間違いないと思います。面識があるかどうかは本人に訊いてみなければわかりませんが、在原課長は暴対センター室長を兼務していましたので、防犯協との繋がりから可能性は高いかと。どうしますか）

「わかった。後はこっちでやってみる。助かったよありがとう」

（どういたしまして）

電話を切る。東雲ちゃん相変わらず優秀だ。そしてビジネスライクだ。

在原課長なら、大丈夫だ。その新崎さんと同級生かどうかは別にして、この手の話を持ち込める人だ。駄目だったら、悪いね、いやこちらこそ済みませんでした、で済ませてくれる。

「直接会った方がいいな」

旭川から戻ってからにしよう。東さんから情報を得られればそれで済むんだから。

席に戻る。

何か進展があったかと、二人の眼が訊いている。

「まず、全国をチェックしてもらいましたが、今のところあれに該当する者はいませんでした」

ご遺体ね？　と、文さんがほとんど声に出さずに口の動きだけで言うので、頷いた。

「それです」

「少し安心ですね」

「本当に少しですけれどね。あれが見つかるところにない、という可能性もあるのですから」

そんなことになってしまっているのなら、最悪の報告を真奈さんにしなければならなくなるのだけれど。

想像しただけで胸が痛む。

＊

日本中どこにでもあるような住宅街。

大きな通りは車はそれなりに走っているが、中通りは車どころか人もほとんど歩いていない。日中の住宅街などはこんなものだろう。

借りた車は、白のRV車。これも、どこでも見かけるような車で目立つものじゃない。住宅街で少しの間停車していても、不審がられることはない。

東ゆかさんの自宅は、赤い三角屋根。若干時代を感じさせる造りなので、中古住宅か、あるいは夫婦どちらかの実家なのかもしれない。名字が変わっているので、たぶん夫の方の。二世帯ということはない。そんなに広くはない。

台所とおぼしきところの窓が少し開いているということは、在宅している証拠。

「何て名乗りますか？〈磯貝探偵事務所〉？」

文さんが自分のスマホを持って言う。

「まずは小樽在住の〈青河文〉と名乗ってください。〈最上紗理奈〉の知人です、と」

「それは、嘘じゃないわね」

全然嘘じゃない。少なくとも〈最上紗理奈〉さんは〈青河文〉を妹の友達として間違いなく知っていたはずだし、記憶を失う前の文さんも同じ。知人で間違いない。

「素直に、真奈さんに頼まれたので札幌の探偵と一緒に紗理奈さんを捜していると言っていい？」

「いいです。スピーカーにしてください」

文さんが電話を掛ける。呼び出して、少し間《ま》が空く。知らない番号から掛かってきたら誰でもそうするだろう。

（もしもし）

「恐れ入ります。こちら、東ゆかさんの携帯で間違いないでしょうか」

（そうですが）

「私、青河文と申します。最上紗理奈さんの知人なのですが、紗理奈さんのご友人の東ゆかさんですよね？」

（えっ、はい）

声音《こわね》が変わった。

「今、お電話大丈夫でしょうか」

（はい、大丈夫ですけど）

「実は、私は最上紗理奈さんの妹である最上真奈さんの同級生でもあるのです。真奈さんもご存じですよね」

（はい、知ってますが）

「最上紗理奈さんの行方がわからなくなったそうなんです。私は真奈さんに頼まれて札幌の私立探偵と一緒に彼女を捜しているんですが、少しお話を聞かせてもらえませんか。今、すぐそこまで来ているんですが」

（え、行方？　紗理奈が？）

「はい、行方がわからなくなっているんです。失踪してしまったんです」

（失踪⁉）

うん、これで東さんは何も知らないことが、確定。

文さんの力を借りるまでもなかった。これが演技をしているんだったら、東ゆかさんは役者になれる。

「突然にごめんなさい。大学時代のつてを辿って、紗理奈さんがいちばん親しいのは東ゆかさんではないかと聞いたものですから。お話を聞かせてください」

（えぇ、あの、はい）

小学生になる息子さんが一人いるそうだが、今はまだ塾に行っている。

ご主人は会社へ行っていて、東ゆかさんは、専業主婦。この家は、やはりご主人の実家だったところで、ゆかさんにとって義父母にあたるお二人は既にお亡くなりになっているそうだ。

上がらせてもらって、お茶を出してもらうまでに文さんがそこまで聞き取った。光くんには車で待機してもらっている。住宅街だし東さんの家の前に停めているから大丈夫だろうが、念のために。

文さんを連れてきて大正解かもしれない。そもそもが高級料亭のおかみさんをやっている人だ、人当たりといい話術といい、見知らぬ人に自然に警戒心を解かせる術《すべ》も雰囲気も持ち合わせている。

「個人情報を勝手に聞き出して申し訳ありませんでしたが、そういう状況でしたのでお許しください」

「はい、わかりました」

携帯の番号をどこで確かめたか、というのも素直に伝えた。これはこの場が終わったらすぐに宮島に伝えて愛ちゃんにも話してもらう。東さんと愛ちゃんが気まずくなっては申し訳ないから。

「それで、一応改めて確認しますが、紗理奈さんがどこにいるのか、まったくご存じないんですね？」

東さん、大きく頷く。丸い眼が可愛《かわい》らしく感じる人だ。愛嬌《あいきょう》のある顔立ちなので、三十五歳という年齢よりも若く見える。

「本当に何も知らないです。びっくりしてます」

嘘じゃない。改めて向かい合って話をしている文さんの表情を見てもそうだ。嘘の匂いを感じていないんだろう。小さく頷いて見せた。

「最後に紗理奈さんと、電話でもいいのですが話したのはいつか、覚えていますか？」

少し顔を顰めて、こくんと頷く。

「四月です」

「四月」

「はっきり覚えてます。子供の新学期が始まる日に掛かってきたので。今日から新学期よー、って話をしました」

「なるほど」

それは、覚えているだろう。

失踪する一ヶ月ほど前になるか。

「そのときの会話はどうでしょう。何か、いつもと違うとか感じるような点はありませんでしたか」

顔を顰めた。

「どんな話をしたかは、いつものように私は子供の話とか、夫の話とかを。主婦がするようなごく普通の愚痴みたいな話です。でも紗理奈は、彼と別れたんだっていう話をしていました」

「彼氏と」

それは、真奈さんの話とも一致する。

「でもそれは、全然深刻なとかそんなんじゃなくて、前から話していたんですよね。上手くいってないとか別れるかもって。だから、失踪するなんて」

「失踪の理由になるようなものではない、と、思いますか」

「思います。全然そんなことないです。紗理奈、モテますし、なんだろう、恋愛とかそういうものに関しては淡泊というか、あっさりしているので」

「何も心配するようなことではない、と」

「そう思います」

東さんは、はっきりそう感じているのがわかる。

男女の情のもつれなどは本人同士にしかわからないものだが、ここまで言うのならそうなんだろう。

彼氏は捜す必要があるだろうけれど、痴情のもつれが失踪に繫がっていったという線はあまり考えなくていいのかもしれない。

「東さんは、紗理奈さんと親友だと考えてよろしいでしょうか。その、悩みとか、そういうものを互いに打ち明け、話し合えるような」

「はい」

はっきりと、こちらを真《ま》っ直《す》ぐに見て言う。

「親友です。私にとっては紗理奈は人生でいちばんの友人です。なので、今、その親友という言葉を聞いてちょっと、その、改めてと言うか、ショックを受けています」

「本当に失踪するようなことが彼女の身に起こっていたのなら、何故自分に何も言ってくれなかったのか、と、ですか」

「そうです」

少し、瞳が潤む。

唇を真一文字に結ぶ。

「言ってくれたはずです。今までだって、ずっとそうでした。結婚したり、離れたりしたので会うことはほとんどなくなりましたけど、電話ではいつも話していました」

「大体でいいですが、紗理奈さんと電話で話す頻度は」

少し首を傾げる。

「たぶん、ならしてしまうと二、三ヶ月に一回ぐらいだと思います。いつも彼女の方から掛かってきます。彼女は忙しいし、私はいつも家にいますから」
二、三ヶ月に一回なら、充分に親友だと言えるんじゃないか。しかも紗理奈さんの方からいつもしてくるんであれば、彼女もそう思っていたはず。
「もしも、ですが、失踪するような出来事が起こっているのなら絶対に自分に話してくれていたはずだから、失踪するなんてあり得ない、と思えますか？」

少し考えた。

「はい、そうも考えられます。彼女は、強い人です。いろんな意味で戦える女性なんです。それはきっと真奈ちゃんもわかっていると思うんですけれど、失踪なんて、彼女に似合わないです。ちょっとその表現が適当かどうかはわかんないですけど」

「いや、わかります」

彼女に似合わない。そういう印象は大事だ。文さんは、じっと話を聞いている。東さんを見ている。

何も嘘はないんだろう。そういう表情をしている。

東さんは、間違いなく紗理奈さんの親友だった。そして、その親友に何も言わずに失踪している。

充分な、事実だ。引っ越し先の住所がわかる以上の収穫だった。

「でも、いなくなってしまったんですね？」

「今のところは。真奈さんにも、お父さんにも何の連絡もなしに退職し、引っ越しをしています。携帯も繋がりません」

いつも紗理奈さんから電話してくるのなら、東さんがまったく気づかなかったのも道理だ。そこも嘘はないだろう。

「何で失踪なんて。お母さんでもあるまいし」

溜息《ためいき》交じりに、東さんが言う。

お母さん？

「今、お母さんとおっしゃいましたか？」

「はい」

「紗理奈さんの、亡くなられたお母さんのことですか？」

「そうです」

亡くなったお母さんでもあるまいし？

その意味は。

「お母さんは、生前に失踪されたことがあるんですか？」

「聞いていないんですか？」

東さんの表情が細かく変わる。明らかに、拙《まず》かったか、いやそんなはずはない、というふうに。

「真奈ちゃんから、依頼されているんですよね？　真奈ちゃん、それは言わなかったんですか？」

「お母さんは、真奈さんの小さい頃に亡くなられたという話は聞いています。失踪したことがあるとは、一言も」

あぁ、というふうに東さんの口が開く。少し肩が落ちる。

「すみません、そういえば『真奈は知らないから』と、紗理奈が言っていたのを、今思い出しました」

「お母さんが失踪したのを言っていない？」

頷いた。

「お母さんは、失踪して、そのまま行方不明になって死んだことになったんです。何でしたっけ、失踪宣告でしたっけ」

そう。失踪宣告だ。

生死が不明になってから七年満了したとき、家庭裁判所に申し立て、一定の手続きを経たのちに死亡したものと見做《みな》される。相続が発生し、結婚していた場合は婚姻関係が解消される。

「いなくなったのは、真奈ちゃんがまだ一歳か二歳ぐらいの頃のはずです。なので、お母さんは死んじゃったことにしてそのままだって言ってました」

幼すぎて理解できないだろうから、とにかく死んだことにして、そのまま、か？

文さんと顔を見合わせてしまった。

そんなことが、あるのか。

車に戻った。東さんには、紗理奈さんから電話があったなら、何があってもこちらに連絡してほしいと頼んで。

もちろん、こちらもこの先に何かわかれば、間違いなく連絡をしますと約束して。

光くんにも説明する。

「あり得ない話ではないですかね。そんなに小さかったら、失踪とかまるでわからないのは間違いないですよね」

「確かに。ただ、もう真奈さんは立派な大人なのに、何故今も知らないのかという疑問は残ります」

「ひょっとしたら、お母さんの失踪は、ただの失踪じゃないってことかしらね」

文さんが助手席で言う。

「そうかもしれません」

何らかの、幼い娘には聞かせられないような要素があっての失踪。

「でも、それなら紗理奈さんがどうして知っているかよね。真奈ちゃんが一歳か二歳なら」

「紗理奈さんは四つ上ですから、五歳か六歳」

幼稚園か小学校一年生。

「母親がいなくなったことを、簡単にごまかせる年齢じゃないのは確かですね」

光くんが言う。それも確かにそうだ。

「その辺の疑問は、父親に訊いてみるしかないですね」

何よりも。

失踪して、死亡したとされた母親。

その娘も、失踪。そんな偶然が、あるのか。

# 6

「偶然にしては、怖すぎますよね」

光くんが顔を顰めて言う。

「でも、偶然ならまだいいわ。もしもそこに隠された意図があったなら、とんでもなく怖い話になるじゃない」

「確かに」

三十年も前の母親の失踪と、娘の今の失踪事件が繋がっているなんて、それはもう横溝正史《よこみぞせいし》クラスの事件になってくる予感で一杯になってしまうじゃないか。怖すぎて身震《みぶる》いしそうだ。生憎《あいにく》こちらには、金田一耕助《きんだいちこうすけ》クラスの推理力なんてないに等しい。

「私から真奈ちゃんに訊いてみる？　お母さんのこと」

文さんが言う。少し考えた。

「いや、訊くならまずはお父さんにでしょうね」

「そうよね」

最上賢一さん。

東京に住んでいる、真奈さんと紗理奈さんの父親。

「妻が失踪して失踪宣告しているわけです。それはたぶん夫である最上賢一さんが申し立てたものでしょう。確実に全ての事情を知っているのは間違いなくお父さんです。もしもですが」

東さんが言っていたように、真奈さんには母親の失踪のことを何も話していないんだとしたら。

「それを赤の他人の僕らがこの段階で伝えてしまうのはどうかと思いますし、そもそも東さんのその情報も事実だと確定していません」

あくまでも東さんが、紗理奈さんがそう言っていた、と、話しただけ。

「嘘はついていなかったわよね」

文さんが言う。

「ですね。そんな嘘を言う意味がない。でも、それが事実だと確定できる人は最上賢一さんだけですね。今のところ手持ちのカードでは」

「でも、小さい子供のお母さんが失踪したなんてことは、たぶん周りの人だってわかりますよね。たとえば文さんは真奈さんの幼馴染みなんだから」

「あぁ、そうね。ひょっとしたら姉さんが知ってるかしら」

文さんのお姉さん、綾さん。一回りも離れているんだから、その当時は中学生ぐらいだったか。

「充分に知っている可能性はありますけれど、それなら余計に真奈さんが知らないというのも」

おかしいか？

どうだったろう。今まで扱った事件で妻が失踪したものは、あった、か。周囲に妻が失踪していることを知られずにずっと過ごせるか？　いやどう考えても無理だ。

「それこそ学校には母親がいなくなったことを知られずに済むのは無理でしょう。失踪したからっていきなり死んだとするのはあまりにもおかしい」

「いやでも磯貝さん、真奈さんが一歳か二歳だったんだから」

「そうよ、まだ幼稚園にも入っていないわ。周囲からも何も聞かされずに一年二年過ぎてから幼稚園でしょう？　園児にあなたのお母さんって以前に失踪したんでしょ、なんてことをわざわざ言う人はまずいないわ」

「確かに」

「その頃に、お母さんは死んでしまったんだ、と、お父さんたちが言い聞かせたんだとしたら」

それなら、あり得るのか。

既に幼稚園児か小学生だった紗理奈さんだけは理解して周囲も理解して、小さかった真奈さんには何も告げずにそのまま大きくなって、か。

「真奈ちゃんが幼稚園に入る頃にはまだ失踪宣告はできないでしょうけれど、それは別にしても、真奈ちゃんにだけはもうお母さんは死んだんだってことにしちゃって、そのまま、ってことは」

「あり得ますかね」

何故そんなことを、という疑問符は付くが、状況としてはまぁ納得はできる、か。

「仮によ？　それが事実だったとしたら、今回の紗理奈さん捜しに何か影響が出てくるかしら？」

それは、どうだろう。

「わかりませんね。真奈さんが紗理奈さんを捜すために探偵に依頼したことを、最上賢一さんも知っているとは思います。親子なんですから。ですから、何か影響があるんだとしたら、最上賢一さんからその手の情報がこちらに伝えられるはずです」

「でも失踪していることを隠していたとしたら」

「それも、あり得ます」

どうするか。

確かめるのなら、電話一本で済むかもしれない。

「真奈さんが父親には言わずに依頼してきたということも、考えられますね」

「いい大人なんだからそれは別に問題ないわ」

問題はない。

けれども、ひょっとしたらお父さんの方には何か問題があるのかもしれない。

「駄目ですね。父親への電話一本で済ませられる話ではなくなったら、余計にこちらが混乱しそうです」

「そうね」

まずは、札幌に帰る。

旭川にいる理由はもうない。

「帰って、紗理奈さんを捜すことを優先させます」

母親も失踪していたというのは、それを真奈さんが知らないのは何故だという疑問は、後回しだ。

どう考えたって、今回の紗理奈さんの失踪に関係してくるとはまず思えない。関係してくるんだったら、これは別料金でって話をしなきゃならないぐらいだ。

「仮に関係してきたとしても、紗理奈さんが見つかればそれで仕事は終わりです。それ以上、家庭の事情に探偵が無理やり踏み込む必要もないですから」

「確かにそうだけれど、私は気になるわ。友人として。やだわ、こういうときに記憶がないっていうのは」

「文さんだって一歳か二歳だったんだから覚えていませんよきっと」

いや案外文さんだったら覚えていたのかもしれないけれども。

「気にはなりますが、後回しです。最優先は紗理奈さんを見つけること。そしていちばんの近道は新住所を割り出すことです。まだ言ってませんでしたが、管理会社から紗理奈さんの新住所を手に入れられそうな雰囲気があります」

「あら」

「最終手段ですが、もうやってみます。そこで紗理奈さんが見つかれば、それでオッケーです。余計な疑問に首を突っ込むこともしなくて済みます」

光くんが、少し顔を顰めた。

「最終手段でもわからなかったら？」

それはもう。

「禁じ手を使うしかありませんね」

無理やり、新住所を手に入れる。

「違法な手段で」

「違法ですか」

もちろん、決して元同僚たちに捕まらないように。

「まぁ禁じ手を使う前に、最終手段でもわからなかったら、一度真奈さんに報告を入れましょう。そのときに、お母さんの件を確かめてみます。あるいは、その前にお父さんにお会いしてみるか、ですね」

「それがいいかしらね。念のために、後で姉さんにはそれとなく訊いてみるわ。真奈ちゃんのお母さんって亡くなったんですって？　って」

「あぁ、それがいいですね」

文さんの記憶がないというのが、今回は役に立つ。そんなふうに訊いてもまったく問題ないから。

＊

刑事を長くやっていると、同じ匂いがしてくると言われるがその通り。一般の人にはまったく見分けがつかないような凶悪な雰囲気と面構えをしていても、それが刑事かヤクザかの区別はすぐにつく。じゃあその他の警察に勤務する人たちはどうかというと、これが直接現場で捜査する以外の人たちは、ほとんど一般人と区別がつかないというか、そのままどこかの一般企業で働いていてもまるで違和感のない人も多い。

在原課長もそういう人だ。長く警務課にいるせいなのかどうか、本当に一般の人とまったく区別がつかない。制服を着ていても、それが警察官の制服だとわからないぐらいに、普通の人だ。

でも、ほとんどの署員は知っている。この人が柔剣道合わせて十段という猛者《もさ》だということを。合気道や空手もやっていたというから、全部で二十段ぐらいはあるんじゃないかという話もある。もっとも、もう五十代なので体力的にはかなり落ちてはいるのだろうけれど。

直接電話で相談があると言うと、こっそりかそれとも飯でも食いながらかというので、こっそりにしてもらった。それじゃあ探偵事務所というものにも興味があるからと、事務所に顔を出してくれた。

直接会うのは、たぶん三年ぶりぐらいだ。

「すみません、わざわざ」

グレーのスーツ姿。くたびれた合皮の鞄も持っていて、見た目には本当にただのサラリーマンのおじさんだ。

「いいところだな」

ドアのところで部屋を見回す。

「ありがとうございます」

「このビルは知っていたが、中もこんなに渋いとは知らなかった」

「年代物ですからね」

コーヒーを出す。僕が警察官を辞めた事情は、ほとんどの人が知らない。ましてや在原さんは警察に入る前からの知人とはいえ、小樽と札幌で管轄も違う。

「どうして辞めたかってのは、訊いたら教えてくれるのか」

「すみません」

言えないということは、内部で何らかの事情があった、と、察してくれる。

これで一般企業に転職したのなら、まぁ警察官が嫌になったのか、で済ませるが、同業他種の探偵事務所なんか開いているんだ。どうしたって深い事情があったんだなと思ってくれる。

「まぁいいさ。順調なのか探偵仕事は」

「喰《く》って行ける程度には」

「充分だ。独身だしな」

その通り。独りで暮らす金を稼げればそれで充分。それ以上は望まないし、そもそも高望みできる商売でもない。

「それで？」

コーヒーを飲んで、言う。

「相談っていうのは、探偵仕事か」

「そうなんです」

説明する。依頼があって失踪人を捜している、と。

前の住所がわかっているので、いちばん手っ取り早いのは引っ越し先である新住所を確かめることなのだけど、たまたま、失踪した女性がこの管理会社のマンションに住んでいたのだと。

会社名を書いたメモを見せると、老眼っぽい仕草で眼を細める。

「あぁ、なるほど。新崎のところか」

「お知り合いですよね」

少し笑顔になって頷く。良かった。好印象だ。

「大学の同期だよ。そうか、それで俺にか」

「そうなんですよ」

どうしてほしいと言わずとも、目的をわかってくれるのが本当にありがたい。

「新崎さんは、親しい方なのですか」

「親しいな。同じ剣道部だった。今でも付き合いがある」

ますます良かった。在原さんが、ほんの少し顔を顰めてこっちを見る。

「単なる依頼仕事なんだな？　他に何の絡みもない」

「単なる仕事です。裏も表もありません」

ただ依頼人が有名女優です、と、言いたくなるけれど言わない。それは絡みでもなんでもなく、単なる偶然だからだ。

在原さんは、失踪人か、と小さく呟く。

「ということは、失踪した人は札幌に住んでいたのだな」

「そうです」

「引っ越し先もか？」

「今のところはあくまでも感触ですが、札幌です」

「お前の勘ではどうだ。この失踪はうちの管轄で事件になりそうか。それとも単なる案件で終わるか」

希望としては単なる案件で終わってほしいのだけれども。

「あくまでも、勘ですが」

「それでいい」

「事件になりそうな匂いはしています」

あくまでも、匂い。

「何となくですが」

「わかった。いいぞ」

「いいんですか？」

「事件になりそうだったとなれば、後でバレたとしても充分言い訳がつく。緊急を要すると思われる案件だったということでな。相手に借りを作ることにはならん。それにな」

「はい」

「新崎って男は、いい奴なんだ」

こんなことで貸しができたと思うような人ではないのですね。それは、助かる。

「とはいえ、どうするかな。電話一本で済ますのもなんだが、場を設けるのも大げさすぎるから、お前も来い」

「来い、と言うと」

「新崎がいる本社は中央署の近くだ。一緒に新崎と昼飯を食おう。理由は、遅まきながらお前を紹介することだ。可愛い後輩が探偵業を始めたので、何かあったら電話してくれと営業してやる。不動産業なんかは私立探偵のお得意様のひとつだろう」

「ありがたいです」

まさしく一石二鳥だ。

「明日以降の予定は？」

「昼飯であればいつでも大丈夫です」

知事と会うのは明日の夜。ひょっとしたら会ったときに無事に紗理奈さんは見つかりましたという報告ができるかもしれない。

在原さんが頷いて、スマホを取り出す。電話を掛ける。すぐに相手が出た。

「新崎か。久しぶりだ。うん」

その表情と口調からも、十二分に親しい間柄というのが伝わってくる。

「明日の昼でも会えるか。昼飯を奢《おご》るぞ。ひとつ頼みと、紹介したい男がいるんだ。そう、紹介。刑事を辞めて探偵になったという珍しい男だ」

うん、うん、と頷く。一瞬、表情が変わる。

「そうなのか。そりゃちょうどいいな。じゃあ、個室で飯を食えるところがいいな。どこか知ってるか」

個室。まぁ個室で会えた方が話をしやすくていいが、ちょうどいいというのは何だ。

「あぁ、わかる。大通《おおどおり》の四丁目のな。わかった、予約しておいてくれるか？ 払いはこっちで持つ」

じゃあ、と、電話を切る。

「大通四丁目の三科保《みかほ》ビル二階の寿司屋《すしや》だ。〈丸《まる》おく〉だが」

「わかります」

回らない寿司屋だ。個人では絶対に入らない、いや入れない寿司屋。知ってはいるがもちろん行ったことはない。きっとランチをやっていたとしても二千円か三千円ぐらいはするんじゃないか。

予算がたくさんあって助かった。これは絶対にこっちの奢りなのだから。

在原さんを見送って、事務所で報告書を書く。調査結果だけではなく、行動表も合わせて事細かく起こったこと聞いたことやったことを全部書いていく。

ただ、東さんが言った母親の件だけは、抜いておいた。

（後で必要なら付け足す）

三人であれこれ考えたけれども、本当に真奈さんは自分の母親が失踪宣告されていることを知らなかったのだろうか？

あのとき、真奈さんは何て言った？


『母は、私たちがまだ小さい頃に死んでしまったんです。私が二歳の頃でした。ですから、私たちは父が男手ひとつで』


間違いなく、そう言った。

何の引っ掛かりも感じなかったから、真奈さんが母親は死んでしまったと認識しているか、何らかの理由で素晴らしい演技をしたか、だ。

「演技をする意味があるか？」

今のところ、ない。

そもそも依頼は姉を捜すことだ。母親の死の真相をこちらに隠したところで、そこに何の関連性もない。仮に、真奈さんの頭の中には実は壮大な計画があり、その歯車のひとつに選ばれて動かされているというのなら話は別だが。

「じゃあ、その歯車が動いて行き着く先はどこだ」

何も思い浮かばない。

妄想を働かせるにしたって、材料が少なすぎる。思いっ切りミステリ脳を働かせたところで、実は母親は殺されていて、その犯人を見つけるために姉妹は動いていて、紗理奈さんの失踪もその一部分である。

「ってな感じになってしまうか」

安易だ。

仮に歯車になっていたとしても、一介の探偵を動かしたところで何のメリットもないだろう。何よりも、あの文さんの感覚をごまかせるはずがないような気がする。

真奈さんは、何も嘘をついていない。そこだけは確かだろう。だとすると、大きな疑問は、母親の失踪が事実ならば何故それを真奈さんにだけは隠したのか、ということ。

「うん」

何にしても、現段階ではあれこれ考えても時間の無駄。

紗理奈さんを捜すのみ、だ。

＊

新崎さんは良い意味で予想を裏切る人だった。

マンション管理会社の取締役で、平日仕事のお昼休みに来てくれるのだからてっきりスーツ姿で現れるのかと思っていたら。

和装で現れた。しかもつるつるの坊主頭で柔和《にゅうわ》な笑顔。落語家か、もしくはどこかのお寺のお坊さんがプライベートで寿司を食べに来たのかと思ったら、その人が新崎さんだった。

「いやいや、どうもどうも」

部屋に入ってくる様子も、座る仕草も、よく葬式で見かけるお坊さんそのものだった。思わず手を合わせてしまいそうになるほどに。

やっぱりランチのセットがあった。なんとお値段は千五百円とリーズナブルだった。それを三人前頼む。もちろん昼間だからお酒なんか飲まずに、お茶を啜《すす》る。

「在原とご飯を食べるのも久しぶりだね」

「そうだな。一年ぶりぐらいか」

「それぐらいになるかもね。こちらが？」

笑顔でこっちを見る。

「初めまして、磯貝と申します」

名刺を出す。新崎さんも、袂《たもと》から名刺を一枚出してくる。そこから出すのか。確かに取締役との名刺。しかし毎日この姿で出勤しているのか。

「探偵さんかぁ。そういう方に会えるのは初めてで。なんだか嬉しいですね」

「嬉しいですか」

「新崎はミステリが大好きだからな」

なるほど。

「『刑事コロンボ』なんかお前VHSで全部録画していたよな」

「したした。いまだに持ってるよそのVHS。もう駄目になってるかもしれないけれどね」

VHS。もちろん知ってるし捜査の現場では必要になることもあるので、機材一式も各署にあるはずだが。

「しかも磯貝は、ついこの間まで有能な刑事だったからな」

「すごいなぁ。いやいろんな話を聞きたいけれど、駄目だよね」

「いえ、終わった事件の話をする分には、特に問題はないですが」

もちろん、個人名やそういうのを隠すのは当たり前として。

「いいのかぁ。今度ゆっくり聞きたいな。在原は現場のことはほとんどやってないから、あんまりネタがないんだよね」

「ネタって言うな。こいつはな、まったくものにはなっていないが、若い頃から作家志望でもあったんだ」

なるほど、そっち方面。

「ミステリ小説などを書いていたのですか」

「書いていたけどね。もうまるで駄目。箸にも棒にも掛からないって感じでさ。磯貝さんはそういう小説とか読む人？」

「読みますよ。私もミステリは大好きです」

「あ、そう。どうなのああいうの。在原はほとんど読まないからさ。感想聞けないんだよね。実際の現場とかけ離れているのも多いんだろうけど」

「いや、探偵が活躍するようなものは別として、最近の警察小説などは凄いなぁと感心することが多いですよ」

本当にそう思う。まぁ現実問題として小説の舞台は東京が多いから、地方都市からするとそんな事件があるのか、とフィクションとはいえ半分羨《うらや》ましいような気持ちになってしまうのだが。

「まぁそういうのは後でゆっくりするとして、こっちの頼みの方から片づけてしまうか」

「うん、何？　たぶん個人情報でしょう？」

　察しがいい。

　また説明する。失踪人を捜すのに、そちらの会社に保管されているその人物の新住所を知りたいと。

　新崎さんが、こくん、と頷く。

「その辺だろうと思っていた。全然問題ないよ」

「いいんですか」

「犯罪じゃないしね。失踪してるから教えてほしいって問い合わせはね、頻繁にじゃないけれどあるんだよね」

「やはりありますか」

「年に一回ぐらいはある感覚かなぁ。その場合もね、信用できる身内である、つまりＤＶ関係とかさ、あるいは家庭内のとんでもないいざこざとかさ、そういうのではなく純粋に捜しているってことがはっきりとわかったのなら、教えることはあるんだよ」

　そうでしょうね。

「元刑事の探偵さんなら信用できるし、仮に教えた後に何かトラブルめいたことがあったとしても、うちに迷惑が掛かるようなことはないでしょう？」

「間違いなく、お約束します」

「その引っ越しされた方のお名前は？」

　予《あらかじ》め書いておいたメモを差し出す。新崎さんは、持ってきた鞄からノートパソコンを取り出した。

「今、ここでですか」

「話が早いでしょ？　大丈夫だよセキュリティはきちんとしてるから」

打ち込む。素早い。これは日常的にパソコンで業務をやっている人だ。

「僕が出先でリストを見ているだけの話だから、何の怪しい痕跡も残らないしね」

確かにそうだ。しかしここでわかってしまうのは本当にありがたい。この後に確認しに行けば、ひょっとしたら知事との会見もキャンセルしていいんじゃないか。いやそれはさすがに失礼か。向こうも失踪に関しては心配しているかもしれないから、きちんと教えてあげた方がいいかもしれない。

「うん、最上紗理奈さんね。確かにうちの管理マンションにいて、引っ越しをされているね。新住所を言うからメモしてね」

「はい」

「厚別区厚別中央東《ひがし》二《に》条西《じょうにし》一丁目三の三十五の四十コーポ佐々木《ささき》、佐々木はごく普通の漢字三文字の佐々木、で、四号室だね」

「ありがとうございます」

「ちょっと待ってね。ついでにマップで見てみようか」

住所をマップに打ち込んでいるんだろう。

「うん？」

「どうしました」

「うーん、ひょっとしてやられちゃったかなぁ。その住所にそんなアパートやマンションはないみたいだなぁ」

「ありませんか」

「普通の賃貸の引っ越しで、何の問題もなかったから住所確認はしなかったんだねきっと。通常このマップにはマンションやアパート名は出るんだけど、とりあえず、ここには出てこないね」

「本当に新しいアパートという可能性はあるな」

「あるね。できたばかりでマップの更新が間に合ってないとかなら、出てこなくても存在する場合は確かにあるけれど」

その反対に行ってみたらなくなっていることもあるだろう。

「さっそくこの後に行って確かめます。ありがとうございます」

うん、と、頷いてノートパソコンを畳む。そのタイミングでちょうど寿司が運ばれてきた。

「さ、後は食べながら話そうか。お互い昼休みは短いんだから」

さすがに回らないお寿司屋さん。ネタがいい。

「それでね、磯貝さん」

「はい」

「頼みを聞いて、そして探偵さんを紹介してもらってさ。さっそくなんだけど、うちと契約してくれないかな、って話なんだけど」

「契約、ですか」

それはまたどうして。

「ねぇ、二人とも警察関係なんだからわかると思うけど、不動産業っていろいろ危ないこととか怪しいことにぶちあたること多いんだよね」

「あるだろうな」

「そうですね」

在原さんと二人して、寿司を頬張りながら頷いてしまう。

事件があって不動産屋さんに協力を依頼したり、あるいは聞き込みに行ったり、もしくは犯行現場で鍵を借りたり現場保存してもらったり。

犯罪の現場は、場所だ。その場所というものはほとんど必ず誰かの持ち物であり不動産屋さんが管理したりしている。つまり不動産屋さんと警察はけっこう仲良しの場合がある。それはイコール、不動産屋さんは事件とも関わりがあるということに繋がる。

「探偵社とか、調査会社にね、まぁいろいろお願いすることも仕事上あるんだけども、ああいうのは高いんだよね正直」

「高いですね」

一体誰が調査費用の相場を決めたのかはわからないが、高いとは思う。かといってぼったくりのようなことはしていないとも思う。調査にはそれなりの費用も人件費も掛かる。決して不当に儲けているようなことはないが。

「ただ、探偵に頼まなくても自分で調べれば数万円というお金が浮くのにな、と思うことは多々ありますね」

「ですよね。なので以前から思っていたんですよ。年間契約みたいな感じで、ものすごく安く、たとえば月一万円払って一年に十二万円。何もなくてもそれだけは払って、依頼案件が出てきたら一件につき幾らとか決める契約探偵。そんな人がいてくれたら便利だなぁって」

なるほど。

「顧問弁護士みたいな感じですね」

「そうそう、そんな感じ」

「相談にはその月極《つきぎめ》の料金でいくらでも乗って、実際に動いたときにはその分の料金を安く、ですね」

「そういうことです。元刑事さんの探偵さんなんて、たぶん北海道では初めてでしょう？」

在原さんも頷く。

「まぁ定年退職した警察官が探偵社や調査会社の顧問をやったり、相談役についたりすることはあるけどな。現場でバリバリやってた若い刑事が探偵になったのは、たぶん初めてだと思うな」

そう思う。

「そういう人がいたらいいなぁって思っていたんだよ。どうだろう、悪い話じゃないと思うんだけど。もちろん、ちゃんとした契約書を作るよ」

確かに、悪い話じゃない。契約書まで作るのであれば、たかが十数万でも定期収入があるということだ。

「もっと凄いメリットは、こうやってうちのリストなんか簡単に見られちゃうってこともある。契約した業者なんだから許可さえ取れば見てもいいわけだよね。調査仕事にも有利でしょう？」

「引き受けましょう」

どう考えたって危ない調査をやらされるのは明々白々。ただ、そんな危ないものは犯罪都市でもあるまいし年に数回だろう。それよりもこれだけ大きい管理会社のデータを自由に見られるというのは、相当なメリットだ。

棚からぼた餅《もち》とはこのことだな。

# 7

また厚別区。

紗理奈さんの引っ越し先の住所が、整理屋の〈飯島商会〉さんと同じ区だったというのはまぁ単なる偶然だろうとは思う。札幌には区が十しかないんだから十分の一という確率だし、そもそも厚別区といっても広い。〈飯島商会〉さんと引っ越し先の住所はかなり離れている。

（たぶん、偶然）

今のところそういうことにしておく。

在原さんと新崎さんには改めてお礼を言ってビルの前で別れを告げて、すぐに事務所に戻って車で向かう。

新崎さんとはまた明日の朝に事務所で会う約束をした。

わざわざ来ていただくようなことは何もないのだが、新崎さんが、本物の探偵事務所というものを一度見てみたいそうだ。同じミステリ好きとしてその気持ちは、まぁわかる。契約書の雛形《ひながた》も持ってくるそうで、そこで細かい契約の話を詰めることになるだろう。

まぁ細かいことを決めたところで、イレギュラーな話が多くなるのが調査の仕事だ。雛形程度のものに多少付帯事項を付けてサインだけ交わしておいて、後はその都度お互いの都合に合うように、となるだろう。

さっそく何か頼みたいことがあるような顔をしていた。忙しくなる分にはまったく問題ない。面倒くさいものでなければなお良しだ。

ナビに紗理奈さんが残した新住所〈厚別区厚別中央東二条西一丁目三の三十五の四十〉を入力して、車で向かう。

「これで決まってくれれば楽なんだが」

〈コーポ佐々木〉というところの四号室とかにちゃんと〈最上〉と表札にでも書いてあって、ピンポンとチャイムを押したらそこのドアから紗理奈さんが「はーい」と出てくる、というのを想像する。はい、一件落着、と。成功報酬も貰えて皆が喜んで終わり、と。見つけられた紗理奈さんは不満に思うかもしれないが。

そんなことにはならないんだろうな、という気がしていて、それはナビが〈もう着きますよ〉と言ったときに、やっぱりな、という確信に変わる。

〈コーポ佐々木〉が、ない。

車で通り過ぎたので見落としたというのも無きにしもあらずだけれど。

近くに大きなスーパーがあったので、そこの駐車場に停めさせてもらう。後で何か買って帰るから勘弁してください、と心の中で言って、iPhoneでマップを確認しながら〈厚別中央東二条西一丁目三の三十五の四十〉を探す。

「ない」

一区画、念のために二区画、三区画を歩いて回って〈コーポ佐々木〉を探したが、そのどこにもない。

町内会で設置していた住宅案内図があったので、それを確認しても、ない。そもそもその住所のところにあるのはマンションやアパートではなく、四階建ての小さなビルだ。

一階にラーメン店があってその上がどう見ても小さな事務所ばかり。住居用のものではない。念のために玄関を開けて入ってビル案内表示板を確認したが、間違いなく書いてあるのは会社名だけ。個人の住居は、ない。

ここは、〈コーポ佐々木〉ではない。

そもそもそんなものは、存在しない。

「決定、か」

紗理奈さんは、完璧に自分の意思で消えてしまっていた。

新住所さえも隠して。

可能性だけで言うなら紗理奈さんが『住所を書き間違えちゃったごめんなさい、てへぺろっ』、というのもあるが。

「まぁ、ないな」

だが、この場所を新住所として書いたことに何か意味があるのか？　それが紗理奈さんの失踪先に関係してこないのか？　このラーメン店の店主と紗理奈さんが知り合いで、もしも郵便とかが来たら連絡くださいという話をしているとかはどうだ？

「ないな」

そんな郵便は宛先不明で戻るのがオチだ。ラーメン店と入っている会社の事務所を回って全員に紗理奈さんの写真を見せて『この人を見たことありませんか？』などとやるのは、完全に無駄だろう。

「やめておこう」

ただ、覚えておこう。

適当に書いたらたまたまここだった、というのでは、たぶんない。何らかの意味があるのだろう。

たとえば、この辺に土地鑑があったとか、もしくは以前に知人がいた場所、とかだ。そうでなければ、ここの住所がただ頭の中に浮かんでくるはずがない。以前に住んでいた場所の近くというのも考えられるか。

真奈さんに訊いてみるか。この住所に何かピンとくるものがないかどうか。

iPhoneにメモしておく。

とりあえず、手掛かりは、全て消えた。

また一からやりなおし。

ただ、まったく全てが無駄だったというわけじゃない。少なくとも、紗理奈さんが何らかの特殊な事情に巻き込まれた、もしくは抱えているということははっきりと確認できた。

望んだことなのか、あるいは望んでいなかったことなのかにかかわらず、自分の部屋の荷物全てを整理屋に任せ、新住所さえも隠して消えてしまったという事実がそこにあることがわかったんだ。

この先は、紗理奈さんの行く先を捜す方へ向かうんじゃない。手掛かりが全て消えた以上はそんなのを捜しても無駄だ。

紗理奈さんが、どんな事情を抱えて、もしくは巻き込まれてしまっているのかを探る方向に舵《かじ》を切る。

それは自然と紗理奈さんのいるところへ向かってくれるはずだ。

生きているにせよ、死んでしまっているにせよ。そしてそれを探る有力な手掛かりになりそうなものは、彼女の仕事と私生活。

「まずは、仕事の方だな」

夜に、知事と会うところからまた始めよう。


事務所へ戻って、熱気が籠《こも》ってしまっているので窓を盛大に開ける。暑い。クーラーの効いた車から戻ってくると余計に部屋の暑さが応える。

それでも、熱いコーヒーを落とす。どうもアイスコーヒーは身体に合わない。コーヒーはホットでなければ、飲んだ気にならないんだ。

まだ午後三時前。ここから新しくできた知事公邸までは車で五分も掛からない。坂東知事との約束までには充分時間がある。六時からということだから、晩飯はその後でいいだろう。お腹《なか》がなったりしないように、出る前に何か軽くつまんだ方がいいか。

「車は自由に停められるのか？」

確認していなかったな。以前の知事公邸には行ったことがあるが、車を停めることができなかったので近くの駐車場を探した記憶がある。

「自転車で行くか」

全然普通に行ける距離だ。むしろ街中を走っていくから自転車の方が早いかもしれないぐらいだ。歩いたって、行ける。

「そうするか」

自転車にしよう。探偵が自転車に乗って登場するのもいいだろう。コーヒーが落ちたので、一口飲んでからiPhoneを手にする。

真奈さんにLINEを送る。

〈ここまでに判明した事実をお知らせしたいのですが、メールで送りますか。電話して直接話せますか〉

何よりもまず、新住所がデタラメだったという大きな事実は報告しなきゃならない。返事はしばらく来ないだろうと思っていたが、すぐに来た。

〈電話で結構です。今、家にいます〉

自宅にいるのか。

すぐに電話した。さすがにちょっと緊張してしまった。一度会っているとはいえ、人気女優に直接電話することに。

（はい、最上です）

「磯貝です」

彼女の部屋は、たぶんマンションだろうが、どんな部屋なのか。

「早速なのですが、あまり喜ばしくはないご報告をしなければなりません」

真奈さんが、少し息を呑《の》むのがわかった。

「紗理奈さんが部屋を引き払ったときに、マンション管理会社に提出した新住所が判明して、そこを訪ねてきました」

（わかったんですか）

「はい。紗理奈さんは新しい住所に〈コーポ佐々木〉と書いたのですが、そのマンション、もしくはアパートはその新住所に存在していませんでした」

えっ、という声。

（嘘の住所を書いていたということですか）

「そういうことです。住所の地番自体は存在してましたが、そこにあるのはアパートなどの住居ではなく事務所が入っている小さなビルでした」

息を吐く音が響く。

「さらには、紗理奈さんは旧住所のマンションの荷物を全部、何もかも処分していました」

（処分？）

「全てを捨てたんですね。本当にその部屋にあったものを全部、〈整理屋〉というんですが、そういうことをする業者に持って行ってもらっています。これも直接確認できましたので間違いないです」

（本当に、ですか。全部の荷物をですか）

「引っ越し日の前に持ち出した、もしくはどこかへ送った荷物があるかもしれませんが、部屋の中にあった家具類から冷蔵庫、テレビに電子レンジの類いまで、とにかく全て処分しています。つまり、紗理奈さんは何らかの意図を持ち、荷物を処分し、嘘の住所を書いて、姿を消したということになります」

どうしてそんなことを、という言葉が聞けるだろうと思ったら、その通りになった。

（何故、そんなことを）

「まさしく、この後はそれを探ることになります。引っ越し先の手掛かりはこれで消えましたので、その理由がわかれば行き先もおのずと知れるかもしれません」

（そう、です、ね）

「ひとつ確認したいことがあります。紗理奈さんが書いた嘘の新住所は〈厚別区厚別中央東二条西一丁目三の三十五の四十〉というものなのですが、何か心当たりはありますか？　昔住んでいたとか、知り合いがいたとか、そういうものでいいのですが」

（厚別区厚別中央ですか？）

「厚別中央東二条西一丁目、三の三十五の四十です」

少し、考えるのがわかった。

（私には何も思い当たるものはありません。札幌に住んだことはないですし、姉が住んでいた住所にもそういうところはなかったと思います。ちょっと待ってください。父にも訊いてみます）

「お父さん？」

（はい）

と、いうことは。

「今、東京のご実家におられるのですか？」

（そうです。父のところに来ています）

それは、好都合だ。

「お父さんには、当然私に依頼して紗理奈さんを捜していることは伝えているのですよね？」

（もちろんです）

「今、電話を代わってもらうことはできますか？　お父さんにも確認したい点がひとつ二つあるのですが」

（大丈夫です。代わります）

失踪したという母親の件。どうしても気になるのでそこだけ確かめておく。

（はい、代わりました。最上です。真奈の父です）

声に、落ち着きと知性を感じる。こういう感じの人は、理解が早くていい、はずだ。外れる場合もあるが。

「探偵の磯貝と申します。真奈さんから依頼を受け、紗理奈さんを捜しています」

（はい、御面倒をお掛けしています）

「真奈さんではなく、最上さんに確認したい点が二つあります。もしも、その答えを真奈さんに聞かれたくないのであれば、後日また改めてお話をお聞きしたいのですが、まず奥様、最上瑛子さんの失踪についてです」

一瞬、間が空く。

考えたか、答えを迷ったか。

「今、真奈さんのいるところでお話しできないようなことであれば、後ほどそちらのご自宅の電話に連絡してお話を聞いていいでしょうか？」

（そうしていただければ）

そういうことか。

やはり、真奈さんに隠しておきたい何かがあるのか。

「了解しました。真奈さんは今日はそちらにお泊まりでしょうか。夜に電話しても大丈夫ですか？」

（構いません）

「では、夜の八時ぐらいを目処に電話します。時間は大丈夫ですか」

（はい）

「ありがとうございます。それで、もうひとつの確認事項は、今、真奈さんにもお伝えしたのですが、紗理奈さんがマンションの管理会社に告げた引っ越し先の住所が嘘だったと判明しました」

（住所がですか）

「そこに個人が住める建物はありませんでした。その住所が〈厚別区厚別中央東二条西一丁目三の三十五の四十〉というものなのですが、適当に書いてそのような住所が出てくるとは思えません。最上さんの方で何か心当たりはありませんか」

（心当たり）

また少し考える間が空く。

（あります。厚別区厚別中央といえば、母親、瑛子が昔住んでいたところです）

奥様。

瑛子さんの住所か。

「奥様、瑛子さんの独身時代ということですか？」

（そうです。知り合った頃、彼女は厚別のアパートに住んでいました。細かい住所まではちょっと覚えていませんが、厚別区厚別中央までは間違いありません）

そういうことか。

「では、紗理奈さんがそれを知っていたということになりますか」

（そうかもしれません。紗理奈がまだ小さい頃にその辺りを車で回ったことがあります。それを覚えていたか、あるいは大きくなってから何かで確認したのかわかりませんが、〈厚別区厚別中央〉が母親の住んでいたところというのは、間違いありません）

「ありがとうございます。ひとつ、解決しました。ちなみに、その奥様の厚別の住所の正確なものは、今もわかるものが自宅に残っていたりしますか？」

（それは、えーと）

考えている。

（ひょっとしたら、あるかもしれません。探してみた方がいいでしょうか）

「できれば、お願いします。何がきっかけになるかわかりません。材料は多い方がいいので」

（わかりました。あの、紗理奈が嘘の住所を書いていたということは、紗理奈は何か目的があってどこかへ消えてしまったということになるんでしょうか）

声に、少し動揺が見える。それはそうだろうな。

「確実に、そういうことになると思います。真奈さんにお話ししましたが、紗理奈さんは荷物も全部整理して消えてしまっています。余程のことが起こったのだと思います」

大きく息を吐く音が聞こえる。

「最上さん」

（はい）

「真奈さんにははっきり言いませんでしたが、最悪の事態も覚悟しておいた方がいいかと思います」

（最悪、ですか）

「そうです。身辺整理をしていなくなったということは、自殺はあまり考えられません。自殺するような人は荷物の整理など、ましてや引っ越しなどあまりしないものです。私は元は刑事なのですが、今までの経験上、荷物を整理して引っ越しもきちんとして自殺した人間を見たことがありません」

（そう、ですか。しかしそうすると最悪というのは）

「誰かに、どこかへ連れて行かれた、もしくは殺されているという事態です」

父親に、はっきり告げておく。

真奈さんにも伝わるだろう。本人にそう直接言わなくて済んだのはちょっと助かった。

「自分の意思で何もかも整理して消えたのなら、もちろん生きているのでしょう。何故という理由はわからずともどこかで生きているという希望は持てます。しかし、誰かに連れ去られ、何らかの目的で彼女は失踪したと偽装された、という可能性も大いにあると考えられます」

唸り声がする。

（何故、そんなことに）

「もちろんそう決まったわけではありません。あくまでもその可能性を含めて、それをこれから探っていきます。いずれにしても、その最悪の事態まで考えておけば、後のショックが和らぐかもしれません」

ショックには違いないが、少しは違うだろう。

「それで、ついでと言っては失礼ですが、最上さんのわかる範囲で結構ですが、紗理奈さんが失踪する理由に思い当たる何かはありますか？　どんなささいなことでも結構です。普段とは違う何かがあったとか」

また少しの沈黙。

（真奈が依頼すると決めたときに話し合いました。その時点で、私の方から思い当たるものは何もない、と、真奈に伝えておきましたが）

が、か。

その時点で、か。

するとそれは、後からする電話で話したいことがある、ということだ。瑛子さんの失踪に関するものだろう。やはり、最上賢一さんは、その名の通りにクレバーな方だ。真奈さんにわからないように言葉を選んでいる。

「わかりました。では、夜にお電話します。そのときにまた。真奈さんに代わっていただけますか」

（どうぞ、よろしくお願いします）

「最善を尽くします」

どんな仕事でも、最善を尽くす。依頼人の不利益になるようなことがあったのなら、できるだけそれを排除していく。

それが、基本だ。

（お電話代わりました）

「真奈さん。今日お話しした部分までの報告書は後日郵送いたします。念のためですが、探偵事務所の名前ではなく、私の個人名で。それはよろしいですか？」

（お願いします）

「わかりました。そして、これからのことですが、引っ越し先の手掛かりが消えた以上は、どこへ行ったかその場所を探すのは難しくなります。従って、紗理奈さんが自らの意思で消えた、というのを大前提にして、仕事関係や友人関係を当たり、失踪の原因になったものを探していきます。それがいちばんの近道になります。わかりますね」

(はい)

「急な進展があったときは別にして、しばらくこうした報告もなくなると思います。真奈さんが気になったときに連絡をくだされば、その時点までにわかったことだけをお知らせします。それでよろしいですか?」

(はい、わかりました。それで、この間はまだ詳細が未定だったのでお話ししていませんでしたが、実は十日後に北海道でドラマのロケが入っているんです)

「あ、そうなんですか。どちらで」

(支笏湖《しこつこ》と、小樽です。基本は四日間ぐらいの予定です。札幌で泊まることになりますから、そのときに時間があれば連絡してもよろしいですか?)

「もちろんですよ。いつでもどうぞ。文さんを通してでも構いません」

(ありがとうございます。よろしくお願いします)

「こちらこそ。最善を尽くします」

北海道ロケか。何のドラマかはきっとまだ言えないんだろう。決まったら教えてもらおう。人気女優ということは知っていながら、考えてみれば彼女の主演したドラマをまともに観たことはないような気がする。

「ネットで観てみるか」

どこかできっと配信されているだろう。

＊

自転車で、新しい知事公邸へ向かう。

街中に明かりが点きだして、夕暮れの光とネオンや街灯やビルの明かりが溶け出す時間帯。この時間の街を歩くのは、好きだ。できれば仕事のことなんか考えずに、ただそぞろ歩きをしたい。途中で何か食べようかなと考えて店を探したり、その後は良さそうなバーを探したり。

いつまでもこの空気の中を、ぶらぶらと歩いて街を眺めていたいと思う。

「田舎《いなか》には住めないな」

街の空気が好きだ。ニューヨークの街の騒音を、街がジャズを歌っている、と歌った歌手がいたがそんな感じだ。街の騒音を音楽のように聞いていたい。

街の騒音は、人が作り出すもの。

つまりはやっぱり人が好きなんだよな。人と人が作り出すドラマが好きだ。日常はそのままドラマになる。不謹慎極まりないが、刑事をやっていたのも、探偵になったのも、人が織りなすドラマを見ていたいからだ。街に住んでいたいからだ。

「お」

塀《へい》に囲まれた広い知事公館の敷地が見えてくる。その横を通り過ぎる。

建物博物館に並んでいてもまったくおかしくない、西洋館風の知事公館。そして同じ敷地内にある旧知事公邸。すさまじく風情《ふぜい》はあるものの、仕事や住居に使っていた歴代の知事はけっこう大変だったんじゃないか。とにかく古いので、冬は相当寒かったんじゃないかと思う。

同じ敷地内に造られた新しい知事公邸は新築できれいになって、さぞかし快適に過ごせていることだろう。

確か、いろいろ議論になったはずだ。

旧知事公邸の古さは皆がわかっていて、その修繕費や維持費に予算が掛かりすぎている。かといって新しいものを建てたとしてももちろん建築費が掛かる。それで旧知事公邸の何年分、何十年分もの修繕費などになるのではないか。無駄ではないか。どこかのマンションでも借りた方がずっと安上がりになるのではないか。

もっともな議論だ。

ただ、やはりこの素晴らしい建築物である知事公館の風情には敵《かな》わなかった。ここに並ぶに相応《ふさわ》しい知事公邸を新しく建てることが、北海道のイメージアップにも適《かな》うものだろうと。

結局は地場産業ということで、地元の木材や北海道で活躍する建築家や企業のモデルハウスみたいな形での新築が決まり、予算も大幅に少なくなったとかどうとか。そういう記事が出ていたはずだ。

「ここからか」

広い敷地は全て塀があり、当然ながら、ゲートがある。すぐ脇には交番もある。ゲートの前に立番《りつばん》などはいないけれども、ゲートが開かないと勝手に入っていくことはできない。

電話をするように言われていた。

（はい）

「恐れ入ります。知事とお約束をしている磯貝と申しますが、今、知事公邸のゲートの前に着きました」

（そのままお待ちください。脇のドアを開けに参ります）

女性の声。声からするとまだ若そうだけれど、秘書だろうか。ほんの一分も待たずに、ゲートの脇の鉄製のドアが開く。

「どうぞ」

「ありがとうございます」

ショートカットで細身のスポーティな雰囲気の女性。三十代かな。スーツを着ているところからするとやはり秘書か。知事は独身のはずだ。確か、一度結婚しているが夫とは死別しているはず。確かめたことはないけれども、子供もいないはず。

だとすると、この大きくはないが新築の公邸で一人で暮らしているのだろうか。

すぐに玄関に着く。古い知事公館と調和させるかのように、洋館のような意匠。赤色の屋根が印象的だが、その昔の北海道では赤いトタン屋根の建物がたくさんあったはずだ。そういうのも建築家は考えたのか。

玄関の間も広くはないが、ふんだんに木が使われている。まだ、その木の薫《かお》りが漂っている気がする。

「お上がりください。正面が居間になります」

「スリッパなどは使わなくていいですか？」

秘書らしき女性がスリッパを履き、そしてこちらには出されなかったし周りにもなかったので聞くと、秘書らしき人が微笑んだ。

「どうぞそのまま。来客用のスリッパなどは無駄遣いなどと言われます」

なるほど。そりゃそうか。公邸とはいえ、知事個人の家。買うなら自分の給料で買え、ということか。

居間のドアを開けると、ソファの背側に知事が立って待っていた。

坂東泉知事。

庶民的な雰囲気で人気だ。確かに、今こうして向き合っても小さい頃に近所に住んでいたおばちゃんにばったり会ったぐらいの感じしかしない。

「私立探偵の磯貝です。お時間を取っていただき、ありがとうございます」

名刺を渡す。仕事の場ではないから、知事の名刺は貰えないのだろう。何も用意していなかったのでわかった。

「いえいえ、御苦労様です。あの、名刺ご入り用でしたら、後でお渡ししますね。どうぞ、お座りください。お飲み物、お茶とかコーヒーとか、オレンジジュースもありますけれど」

「お気遣いなく」

「では、私はお茶を飲むので、ご一緒に」

「ありがとうございます」

「どうぞ、座っててください」

キッチンで姿を見せた秘書が淹れてくるのかと思ったら、坂東知事がそのまま居間の隣のキッチンへ向かった。キッチンと居間が繋がっていて、何と言うか、ごく普通の住宅だ。豪華にはできなかったんだろうなきっと。

　ソファに座る。このソファも、まぁそんなに高くはないだろう。庶民にも充分買えるようなもの。新しいからいい感じはするけれども、ごくごく普通の調度品だ。

「どうですか、新しい公邸の住み心地は」

「快適ですよー」

　お茶をお盆に載せて持ってきながら言う。

「はい、どうぞ。前の公邸はそれはもう寒くて寒くて。いえ今は夏ですけど冬の話で」

「そうでしょうね」

　座りながら、嬉しそうに微笑む。

「実はね、新築の家に住むのは人生で初めてなのよ。もう嬉しくて」

　それは良かった。

「さっそくですが」

「うん、最上さんのことね。いなくなってしまったんですって？」

「そうなのです。私は妹さんから依頼を受けて、最上紗理奈さんを捜しているのですが。何よりも、失踪の理由が何もわからないのです。長年秘書として一緒にいた坂東知事に、何か思い当たるようなことがないかどうか、お聞きしたいのですが」

　わかるわー、という表情で大きく頷く。

「私もね、驚いたの。まず、いきなり仕事を辞めたいって言われてね」

「それは、いつ頃の話なのでしょうか」

「三ヶ月ほど前よね？　仲野《なかの》さん。あ、秘書課の仲野です。彼女はずっと秘書課で最上さんとも一緒にやってきたので」

秘書課の仲野さん。了解。後で名刺を貰っておこう。キッチンの椅子に座ってこっちを向いている仲野さんが頷く。

「覚えている限りでは、四月の中頃だったと思います」

三ヶ月前で話は合う。

「理由もね、一身上の都合ってことで詳しくは言ってくれなかったのよ」

「長くやってきて、しかも知事がスカウトしたというようなことを妹さんからお聞きしたのですが、間違いないですか？」

頷く。

「間違いないわ。その前から親しくしていたの。年は離れているけれど友人としてね。それなのに理由も教えてくれないのかって、ちょっと怒ったし、心配もしたわ。一体何があったのよって」

「それでも、何も言ってくれなかった？」

「そうなの。それでね、まぁ辞めるのはしょうがないってことでその後一ヶ月はきちんと働いてくれて、まぁ辞めたのよ。これからどうするのか何をするのかも何も話してくれなくて。本当に、心配して何度も訊いたのよ。何か問題が起こっているのなら、できることなら何でもするから言ってくれって。痩せても枯れても腐っても北海道知事よ。大抵のことなら解決できるかもしれないんだからって」

それは、そうだ。地位も権力も、金もある程度はある。

「でも、何も言ってくれなくて、じゃあそういうことでは解決できない本当に個人的な理由があるんだろうと」

仲野さんが言う。口を挟んでくるということは、仲野さんもかなり紗理奈さんとは親しかったのか。

「すみません、ひょっとして最上さんの妹さんに電話したのは」

仲野さんが、こくりと頷く。

「私です」

話が早くていい。

「特別秘書として後任の方ですか？」

知事に訊くと、首を軽く横に振った。

「彼女は知事室秘書課の、こう言うのは変だけれども普通の公務員の秘書よ。あなたが最上さんの件で来られるというのでね、来てもらっただけ。普段はもう退庁している時間よ」

なるほど、ありがたい。

# 8

「すると、知事は最上紗理奈さんの妹さんが、女優の西條真奈さんであることはご存じだったのですね？」

確認。

知事はにっこり微笑んで頷いた。

「もちろんよ。だって私は最上さん、あ、紗理奈さんって呼んだ方が混乱しないわね。紗理奈さんとは、もう知り合って十年にもなるんだから。あ、でも一度も真奈さんのことを誰かに話したりはしなかったわよ。それと、知っていたというのは、緊急連絡先という形でも紗理奈さんのお父様と真奈さんの連絡先はきちんと記録してあったという二つの意味でね」

「なるほど」

誰にも話したことはない、というのはそうなのだろう。知事の秘書の妹さんが人気女優などということが知られれば、少なくとも小耳に挟むぐらいには広まっていたはずだ。まったく聞いたことがなかったのだから。まぁ政治家どもにはおバカなことをする人が多いのも事実なんだが、坂東知事はそんなことはないのだろう。

「仲野さんもご存じだったのですか？　西條真奈さんが妹というのは」

いいえ、と、首を横に振った。仲野さんはこちらへ来ない。キッチンに置いてある椅子に座ってこちらを見ている。

「私は、知事に言われて、確認の電話をするときに初めて聞いて知りました」

びっくりしましたよ、というニュアンスで喋《しゃべ》る。そういうことか。

「繰り返しになってしまいますが、坂東知事はもちろん、一緒に仕事をしていた仲野さんも、今回の紗理奈さんの失踪に関して、その原因になるようなものに何も心当たりはないのですね」

知事は、うーん、というふうに顔を顰める。

仲野さんは首を縦に小さく動かす。

「ずっと考えてはいるんだけど、本当に紗理奈さんは辞めることに関しては何も言ってくれなかったし、ずっと仕事をしてきた中でも思いつくようなトラブルに遭ったこともないし。何も言ってくれないのなら、辞める理由は何か男女のあれなのかしら、って思ったぐらいで」

「なるほど」

そう思うだろうな。家族間のトラブルとかであれば、十年来の友人でありなおかつ知事という要職にあるボスなのだから、何かしらの相談があってもいいだろうし。もちろん、辞めることと失踪に関係があるかどうかもわかっていないのだが。

「最初に辞めると言ったのは、知事に直接ですか？」

「そうよ」

すぐに頷いた。

「それも、プライベートなときに」

「プライベート？」

「あぁごめんなさい。彼女は昔からの友人であり、特別秘書という立場でもあったので、仕事時間が終わっても一緒に行動することが多かったの。夕飯の買い物をしたり、晩ご飯を一緒に食べたり」

そういうことか。

「二十四時間一緒にいるようなこともあったのですか」

「あったわね」

少し笑った。

「そもそも特別秘書という立場も、もちろん知事としての業務のスケジュール管理とかそういうのはするけれども、それは秘書課にいる仲野さんやもう一人小島《こじま》さんっていう人がいるんだけれど、二人でもできることだから」

「そうでしょうね」

そのために秘書課があるのだろうから。

「特別秘書って、要するに公務員の枠を越えて知事の政治的な職務遂行のために動ける人なのね。仲野さんは公務員なので、その枠を越えるような仕事はできない。だから〈特別〉なの」

「なるほど」

「そりゃもういろいろやってもらったわ。この北海道をより良い方向へ進めるためのことならなんでもね。営業職みたいなことも、企画職みたいなことも。私が政治とは全然関係ないような分野で顔を出したりしているの見たことないかしら」

なかったが、微笑んで頷く。

「あります。若者向けのものでしたね」

適当に言ったが、知事が大きく頷く。この手のあれは若者向けと言っておけば、ほぼ間違いなく当たる。

「そうなの。ああいうのも、特別秘書だった紗理奈さんの仕事なのよ。だからって知事のプライベートにまで付き合う必要はないしそれは怒られちゃうかもだけど、彼女は友人でもあったのだから」

そういうことなのだろう。長年の友人だからこそ、さらに紗理奈さんは元々商社の人間なのだから人脈作りや営業企画のような仕事においてはその強みを発揮できただろう。それこそ、公務員のように決められた仕事しかやってこなかった人間には、思いも寄らないようなことも。

それだけ一緒にやってきた知事にさえ何も言わずに消えた、か。

ますます紗理奈さんの命の灯火《ともしび》が消え掛かっているような気がする。既に消えて久しいとも。

「この新しい知事公邸に足を踏み入れることもなく行ってしまいましたね」

仲野さんが、小さく言う。

知事が、少し顔を顰めながら頷く。

「そうね。楽しみにしていたのに」

「引っ越しする前に、ですか」

ここにいつ入ったのかは知らなかったが、その時期だったのか。

「引っ越しする前ね。完成したここを外から眺めてはいたけれども。旧知事公邸の私の荷物の片づけ、引っ越し荷物を作ってもらう手伝いもしてもらっていたの。ほら、私一人暮らしだから。それが終わった頃に、辞めていったわね」

まさしく立つ鳥跡を濁さず、か。こっちと自分の部屋と両方をきちんと片づけて、彼女は消えてしまった。

そうだろうとは思っていたが、ここでも何も収穫は、なし、か。

「直接関係はないのですが、紗理奈さんと知り合ったのは、まだ知事になる前からだと聞きましたが、具体的にはどこでお知り合いに」

知事が、ちょっと考えるふうに上を向く。

「パリで」

「パリ」

フランス。

「彼女が商社で働いていて、私はその頃経済産業省で、パリと東京を行ったり来たりしていたのよ。研究員という役職でね。日本とヨーロッパのあちこち回って」

そうだった。知事は英語もフランス語も堪能だと聞いた。

「なんか、映画みたいな話だけれども、パリのカフェでね。日本人のきれいな女の子が一人でお茶していて、私がそこを通り掛かったときにハトが二人の間を擦り抜けるように飛んでいって」

「ハト」

平和の使者か。

「二人でびっくりして、顔を見合わせて笑ってしまって、それが出会いね。どっちかが男だったら、きっと恋に発展していくような出会い方よ」

「本当ですね」

「それで知り合って、友人になったのよ。彼女は本当に才色兼備という言葉がぴったり来る女性でね。すぐに思ったのよ。この人と一緒に仕事ができたらいいだろうなって。だから、ずっと口説《くど》いていたのよ」

「一緒に仕事をしようと？」

「そうなの。最初は彼女にも役人になってもらいたかったんだけど、私が政治の世界に入ることを決めてからは、秘書になってもらおうって。ずっと口説いていていてやっと一緒になれたのに」

そういえば、知事になってしばらくしてから秘書になったんだったか。

「最初は紗理奈さんは躊躇《ためら》っていたのですね？　政治の世界に入ることを」

「そうね。自分には合わないんじゃないかって。でも、入ってみれば彼女の、大げさな表現だけど外交手腕みたいなものは、そのままそれこそ外務大臣にまでなってもらった方がいいんじゃないかって思うほどよ」

それほどの女性だったのか。

「本当に」

何があったんだろう、と、知事の表情に落胆の色が浮かび、下を向く。吐いた息の響きに悲しみか苦しみの色が滲《にじ》む。

そこに嘘はないように思う。

「すみません。もうひとつだけ。プライベートなことですが、知事は今は独身でしたね」

「そうよ。夫とは死別してね」

こくん、と頷いて、あ、と、表情を変える。

「あれよ、だからって私と紗理奈さんに特別な感情とかそういうものがあったなんて邪推しないでね。そういうのはありません」

「わかりました」

それは疑っていなかったのだけれど、今話を聞いていてひょっとしたらと思ったのも事実なので、確かめられて助かった。

「家族はね、息子が一人」

「息子さん」

「といっても、血は繋がっていないけれどね。夫の連れ子だったの。もう立派なおっさんになっているわ」

そうか、死別した旦那さんは再婚だったのか。

そうすると。

「すみません、ひょっとしてその息子さんは、ショップか何かを経営されていませんでしたか」

あら、と、笑う。

「さすが探偵さんね。あまり知られていないんだけど、そうなの。いわゆるセレクトショップね。〈ランブリン・ストリート〉って名前で札幌が本店だけど、東京と横浜にも店があるわ」

「やり手ですね」

個人でそれだけの都市に三店舗は凄いと思う。

「広太郎《こうたろう》って名前。あ、磯貝さんならきっと似合うものがたくさんあると思う。ねぇきっと磯貝さん似合うわよね？　あの店の品揃え」

「そう思います」

仲野さんが真面目な顔で頷いた。仲野さんはもちろん知っていたんだな。

「今度寄ってみます」

「そうね、広太郎も紗理奈さんのことはよく知っているし、話を聞いてみてもいいかもしれない。年齢も変わらないから、私の知らない紗理奈さんを知っているかも。ＬＩＮＥしておくわね？　探偵さんが行くって。あの子、私との関係を知っている人がお店に行くのを嫌がるから」

「それは、何故でしょう」

「七光りが嫌みたいね。しかも私の実子でもないしってことで。あ、でも仲が悪いとかじゃないわよ。

仲良しよ。あの子も母親だと慕ってくれているし」

言いながら、スマホを取り出し何かを打っている。さっそくその広太郎くんにLINEしているのか。

セレクトショップだとまだ営業中か。

「お店は何時まで営業ですか？」

「八時だったかしら。もしこの後寄るなら、待ってるように言うわよ？」

「お願いします」

〈ランブリン・ストリート〉は、紗理奈さんが真奈さんの誕生日プレゼントを買ったお店。妹にまで店長さんと親しいんだと言っていたんだから、それなりの関係だろう。年齢は確かめていないけれども、知事の息子さんなら、それこそちょうど紗理奈さんと同年代じゃないか。

「返事来たわ。お店にいるからって」

「ありがとうございます。この後に寄ってみます」

真奈さんのお父さんへの電話は八時ぐらいと話した。寄って話を聞いてからでも充分間に合う。

「あのね、探偵さんのお仕事としては簡単に話せないのかもしれないけれどもね。何か手掛かりというか、そういうものは少しは見つかっているの？」

少し顔を顰めながら、知事が言う。

「いえ、正直何もありません」

これは本当に。

「ですから、こうして仕事関係や友人関係を訪ね歩いています。単独で失踪者を捜す場合は、まず失踪の理由を探るところから始めないと何も進まないものですから」

「闇雲に歩き回って捜そうにも、どこを捜すか、という手掛かりはそこにしかないってことね」

「そういうことです」

知事は、ふぅ、と、小さく息を吐く。

「いちばん一緒に仕事をしてきたはずなのに、何も手掛かりを与えられないのがものすごく心苦しいのだけれど。磯貝さん、もしも何か大きな進展があったなら私にも教えてくれます？　ひょっとしたらその進展を聞いた上で、私にも何か別の方向から心当たりが思い浮かぶかもしれないし」

「そう、ですね」

問題は、ない。

もしも何か新しい情報が入って、それが仕事関係から繋がる失踪の理由への手掛かりであるのならば、当然知事に訊いた方が話が早いということもあるだろう。

「何もかもお話しするというわけにはいきませんが、知事に確認したいような事項が出てきたならば、ご連絡します」

「お願いね。本当に、友人として心配してるの」

「できれば、直接ご連絡できればいいのですが」

「あ、名刺ね。ちょっと待って」

仲野さんが、すぐに持ってきた。一枚受け取って、さらにボールペンも素早く出てくる。この辺は本当に秘書なのだなという動きに感心する。

「ここの家電《いえでん》も、個人のスマホの番号も書いておくわね。日中は出られないことも多いけれども」

「なるべく夜にするようにします」

知事の電話番号ゲット。別の仕事で役立つときが来るだろうか。

「私の名刺もお渡ししておきます」

仲野さんが、名刺を出してくる。

「ありがとうございます」

こちらには、既に個人携帯の番号も書いてあった。

「時間的に知事に連絡していいかどうか迷ったときには、私宛てにいただければすぐに応答することはできますので」

「助かります」

知事の秘書さんの電話番号もゲット。

仲野さん、なかなか話しやすそうな女性だ。道庁に知り合いが増えるのは仕事の面でも非常に助かるはず。刑事時代はどうも敬遠されて、札幌の役所関係にはまず知り合いがいなかった。まぁ管轄も違ったので、さほど影響はなかったのだけれども。

「もしもこの後、何か思い浮かぶようなことがありましたら、連絡をいただければ。私はいつでも結構ですので」

探偵は、二十四時間探偵だ。

＊

〈ランブリン・ストリート〉。

五丁目の狸小路《たぬきこうじ》の一本向こうの中通りを入ったところ。白く塗られた平屋の一軒家があって、木製のドアの横に小さなこれも木製のネームプレートにそう書かれている。そしてそこに薔薇《ばら》の花も描かれていた。

（そうか）

ランブリン、という名前はジャズのスタンダードナンバー〈ランブリン・ローズ〉から取ったものなのか。ここに薔薇が描かれているということはそうなんだろう。

店主の坂東広太郎さんは、ジャズ好きの人なのかもしれない。

重い木製のドアを開けると、なるほど店内にはジャズが流れている。これは、B・B・キングの歌声じゃないか。なんていう曲だったかは覚えていないけれど。

「いらっしゃいませ」

服を整理していた男性が振り返って言う。

一八〇センチはあるだろう長身の、そして細身の身体。肩に掛かるようなウェーブした長髪。白いシャツに細めのブラック・ジーンズ。くりんとした大きな瞳と人好きのする笑顔。

なるほど、セレクトショップの店長さんだ。男が見ても素直にカッコいいと思える。店内には客はいない。これも木製のカウンターの向こうに若い女性がいるが、あの人は店員さんだろう。

「すみません。磯貝と申しますが、店長の坂東さんでしょうか」

あぁ、と、また笑顔を大きくさせる。

「磯貝さん。探偵さんですって？」

そうなんです。多くの人が探偵と呼ぶときに、さん付けするのは何故なのかを調べてみたいと思う。警察官をお巡りさんと呼ぶようなものだろうか。あるいは刑事のことを刑事さんと。

「お忙しいところ申し訳ないです。坂東知事から連絡があったと思いますが」

こくん、と、頷く。

「ちょっと出ましょうか。ミヤちゃん、あとよろしくお願いします」

「はい」

ミヤちゃん、と呼ばれた女性が頷く。若く見えるが店を任せられる立場の人なんだろう。奥さん、ではない、か。そんな雰囲気はない。

「すぐ隣にカフェがあるんですよ。あ、喫煙できるところですけど、大丈夫です？」

間髪《かんはつ》容《い》れず頷く。

「喫煙者です」

「だと思った。煙草飲みって、雰囲気でわかりません？」

歩き出し、ドアを開けながら言う。

「なんとなくは、わかりますね」

あくまでも、なんとなく。

壁にレンガが組まれている、縦に細長い小さなカフェ。たくさんのストレートコーヒーもメニューに並んでいるが、夜にはバーにもなるんだろう。酒の瓶がカウンターの後ろに並んでいる。懐かしいロックナンバーが流れている。しかもターンテーブルでLPを掛けている。良い雰囲気の店だ。今度は仕事じゃなくやってきてもいい。

一番奥の、小さな丸いテーブル。坂東さんがブレンドを頼んだので、同じものにしてもらった。コーヒーを飲ませる店でオリジナルブレンドがあるならば、まずはそれを飲めばいい、と誰かが書いていたな。

「最上さんについて、ですか」

坂東さんが、水を一口飲んでから言う。そして、煙草を取り出して火を点けた。

「そうなんです」

知事からのLINEでわかっているだろうが、紗理奈さんがいなくなってしまったことを改めて説明する。家族から依頼されて捜しているのだと。

小さく頷き、煙を吐き出す。

こちらも煙草を取り出して火を点けた。何の気兼ねもなく煙草を吸える場所があることが、吸いながら喋りあえる相手が目の前にいることが、本当にありがたい。

「どうしているんだろうな、とは思っていたんですよね」

顔を顰める。

「よく店に来てくれていたんです。もちろん、買い物もしてくれていました」

「いいお客さんだったんですね？」

こくん、と頷く。

「お客様としては、親しい関係、と言ってもいいと思います。同い年なんですよね。母の秘書だったし、よく会っていたし」

「ご友人だったと思っていいですか」

「はい、友人です。特別な関係はないですけどね。話しておきますけど、僕はＬＧＢＴ、ゲイです。女性とそういう関係になることはありません」

これも、そうですか、と頷くしかない。

嘘ではないと思う。さっきの喫煙者の話ではないが、人間は経験を積めば、顔を合わせただけでなんとなくわかることも多くなってくる。

最初にお店で姿を見たときに、そんな雰囲気を感じてしまったから。

「僕が知事の息子って知らない人が多いんですよ。知らなかったでしょう？　探偵さんも」

「お聞きするまで、知りませんでした。そもそも知事にお子さんがいることも」

「まぁそのせいもあるんですよね。僕自身はもう高校生の頃からある程度カミングアウトはしていたんだけど、あの人のためにはならないだろうからね」

あの人、か。

そう呼ぶのか。さっきの知事の話とは少しニュアンスが違うかな。向こうは仲良しと思ってはいても、広太郎さんは少し違うのかもしれない。

「ま、それはしょうがないんで、僕も少し母とは遠ざかって過ごすようにしているんですよね。関係を積極的には言わないし、あの人の関係者に来てもらうのもやんわりと断ってるし」

関係者。

「しかし、最上紗理奈さんは秘書だったんですよね」

「彼女は、実は母の秘書になる前から知り合いだったんです。もうお店のお客さんだったんですよ」

「そうなんですか？」

それは、新事実か。

「まぁその前から最上さんと母とは友人にはなっていて、最上さんは実家に帰省したとき、僕が母の息子とはまったく知らずに店に来たんですけどね。うちで扱っているブランドが好きだったんです、彼女は」

そういう関係か。

「じゃあ、お母さんの秘書になったときには」

「驚きましたね。話は事前に聞いていたんですけど、まさかな、って」

十二分に親しい関係だということはよくわかった。

「でも、何にもわからないんですよね。その、彼女の失踪に関しては」

ふぅ、と煙を吐いて、頰杖《ほおづえ》を突く。

「親しいとはいっても、大体は彼女が店に来てくれて買い物ついでに話をして、じゃあ今晩ご飯でも食べようか、って感じの付き合いだったんです。実際、彼女に僕から連絡したことは一度もないんですよね」

「電話番号とかは」

「お客様の情報として知ってはいましたけれどね。それこそ、あれです、妹さんのことも僕はつい最近知りました。突然秘書を辞めたときにも、何にも聞いていなかったんですよね。母から聞かされて、え、そうなの？　って驚いて、実際それっきりです」

「連絡も何もないんですね」

首を縦に振る。

「何もないです。仕事の話もほとんど僕は聞いたことないし、それこそ誰かと付き合ってるとかそういうのも。会って話したのはファッションのこととか、そうですねー、映画の話とかドラマの話とか」

うん、と、自分の言葉に頷いた。

「今にして思えば、彼女よくドラマとか映画とか観ていたんですけど、あれはやっぱり妹さんがそうだったからでしょうかね。僕は本当に気づかなくて、そういえば妹さんが出ているドラマの話もしていたな、と」

「二人は、似ていませんしね」

「そうですよね。全然似ていませんよね。磯貝さんは、その妹さんに会ったんですか」

「会いました」

ついこの間、依頼されたときに。

「妹さんへのプレゼントも、うちで買ってくれたことあるんですよ」

「言ってましたよ。妹さんから聞きました」

嬉しそうに、微笑む。

「思い出せば、いかにも妹さんに似合いそうなものばかりでしたよ。優しいお姉さんなんですよね」

今もそうです、と言える日が来ることを願うばかりだが。

コーヒーが来て、話が途切れる。マスターと坂東さんの様子から、親しいことがよくわかる。きっといつもここに来てコーヒーを飲み、煙草を吸っているんだろう。

「なので」

コーヒーを飲んで、申し訳なさそうな顔をする。

「彼女の失踪の原因になりそうなことには、何の心当たりもないんですよね。他の親しい友人とかの情報も僕は全然持っていませんし」

電話したことさえないというのなら、そういうことになるか。

坂東さんは、ふいに何かを思い出したように頭を動かした。

「すみません、さっき一度も連絡したこともないと言いましたが、訂正します。一度だけありました。失踪には何の関係もないでしょうけど」

「何ですか？」

スマホを取り出した。

「いつだったかな。何ヶ月か前です。一年も前ではないと思いますけど」

言いながらスマホを操作している。

「えーと、三ヶ月ぐらい前ですね。だから、秘書を辞める少し前なのかな。この写真なんですけど」

スマホをこっちに向ける。

スーツケースが写っている。かなり古いタイプのものだろうか。海外旅行にでも使うような大きなもので、機内には持ち込めないサイズだろう。

「お店に来たときに、この写真を見せて、このスーツケースはどこのブランドのものかわからないか、と訊かれたんですよ」

「スーツケースを？」

「そうなんです。なかなかいいスーツケースでしょう？」

確かに。

カラーリングが珍しい色合いをしているし、写真では判別し辛《づら》いがたぶん革張りで、そのデザインもかなり個性的であることは間違いない。

「どこかのデザイナーのものでしょうかね」

「そうなんですよ。僕もそういえば雑誌か何かで見たな、と思って調べたら、フランスのファッションデザイナーのものだったんです」

知ってますか？　と言われて聞かされたデザイナーの名前は〈ジャン・イブ・ファニー〉。確かにどこかで聞いたような名前。

「有名な人なんですね？」

「もうかなりのお年寄りですけどね。その昔には一時代を築くか築かないか、ぐらいのところまで行っていた人です。その人が初めて作ったバッグのブランドの限定品だったんですよ」

限定品。なるほど。

「あまり出回っていなかったものなんですね」

「たぶん、ですけれど。もう何十年も前のものなので、その当時だと日本国内にはあまり入っていなかったか、その反対にバブルの頃だとしたら、たくさん入ってきていたか。ちょっと僕にはわからないですけど」

　バブル期か。

　もしも三十年か四十年近い前だと確かにバブル期と重なるか。ファッションの世界も大きく花開いて、日本でもたくさんのファッションデザイナーが世界に飛びだしていった頃だろう。そういうのは雑誌や何かで見たことがある。

「彼女に訊かれて、写真だけ貰って調べたらそうわかったので、メールしました。彼女にメールしたのはたぶんその一回だけですね」

　昔のスーツケース。紗理奈さんの秘書としての仕事だったのだろうか。いや、そんな仕事はないか。だとしたらまったくのプライベートか。

「何故調べたのかは、わからないのですね？」

　うん、と、頷いた後に首を捻る。

「何だったかな。何かで見たのでものすごく欲しくなったとかなんとか言ってて、どこかのネットで手に入るかどうか、って話はしたと思いますね」

「手に入るものですか？」

「百パーセント無理ではないでしょうけれど、かなり難しいでしょうね。そのときに僕もググりましたけれど、画像すらまるで出てこなかったので。たぶん最上さんもいろいろ調べてわからなかったから、ファッション業界の人間である僕に訊きに来たんでしょうから」

「そうですね」

　秘書という仕事柄、調べることには長《た》けているはずだ。それなのにわざわざ坂東さんに訊いたのは、調べられなかったからだろう。確かに、失踪に何の関係もないかもしれない。

　まさかどこか遠くへ行くためにお気に入りのスーツケースを買いたかった、なんてことはないだろう。あったとしたらなんだか映画っぽくていいんだが。それこそフランス映画みたいに。

　紗理奈さんがこのお気に入りのスーツケースを持って、どこかの外国で暮らしているのなら、それはそれでいい話になるのかもしれないが。

「磯貝さん、もしも僕でわかること、たとえばうちの店で最上さんがどんなものを買ったかとか、それはいつだったか、なんてことならいくらでも情報提供しますので。本来はダメですけど、失踪なんて事態だったら許されますよね」

「ありがとうございます」

　もしもそういうものが必要になれば。いや、貰っておくべきか？　たとえば誰かのプレゼントに買ったとかそういう情報の裏取りになるか。

「それは、すぐに出てくるものですか」

「顧客のデータは全部あります。メアドでもいただければ、今晩中にでもお送りできますよ」

　そうしてもらおうか。スーツケースの写真も送ってもらおう。

　情報は多ければ多いほどいい。

## 9

　オリジナルのブックマッチを作っている喫茶店なんて絶滅したんじゃないかと思っていたが。

「まだあったんだな」

坂東広太郎さんとコーヒーを飲んだ店の名は〈ウルフドッグ〉。狼犬《おおかみけん》ってことか。貰ってきたブックマッチには犬のような、狼のような、どちらかといえば可愛らしいハスキー犬にも似た感じのイラストが入っている。コーヒーも美味しかったし、雰囲気も最高だった。

血の繋がりはないが知事の息子という広太郎さんもなかなかいい感じの男だったし、チラリとしか見ていないが、彼の店の品揃えもなかなか好みのものが多かった。

刑事の頃にはほとんど気にしていなかったけれど、探偵になってからは、良い印象を与えられるようにきちんとした服を着るようにしている。この件が片づいたら、改めてお邪魔して、何か見繕《みつくろ》ってもらってもいいかもしれない。

事務所に戻ってきて、コーヒーを淹れる。椅子に座り、煙草に火を点ける。

収穫の多い日だった。

紗理奈さんが残した新住所を手に入れて、しかも思いも寄らず新規の仕事の契約までできそうだ。

しかし紗理奈さんが残した新住所はまるで嘘だったことがわかった。さらに、その辺りは亡くなったとされている母親が、かつて住んでいた場所だったこともわかった。

仕事のボスであった知事も、紗理奈さんの失踪に関しては何も心当たりがない。けれども、知事と秘書の連絡先を手に入れることができた。

その知事の息子であり、紗理奈さんと親しかったショップの店長も、失踪に関しては何も心当たりがなかった。

つまり、紗理奈さんの失踪に関しては何ひとつ手掛かりがない、ということが非常にたくさんわかった、という点で収穫が多かった。

何ひとつわからないで終わるよりは、はるかにいいが、何ひとつわからない、という点においてはこれまでと何の変わりもない。

紗理奈さんは何故失踪してしまったのか。そもそも本当に失踪なのか、誰かにこの世から消されたのか、その可能性はどちらに転ぶのかのパーセンテージさえもまだわかっていない。

事件になりそうな感触はある、と、在原さんには言った。

それは嘘じゃない。

紗理奈さんは〈整理屋〉と接触している。あくまでも紗理奈さんが自分で失踪したと仮定しての話だが。

ごく普通の、一般の社会人として生きてきた人ならば〈整理屋〉と接触することなど、ほとんどない。あるとしたら、長崎さんみたいに誰かの保証人になって、その人に裏切られ保証を肩代わりさせられた、みたいなケースだ。それだって、百人集めたらその中に一人いるかいないかだろう。

滅多にあることじゃない。

紗理奈さんが自分で〈整理屋〉を呼んだか、もしくは〈整理屋〉を知っている人間が紗理奈さんをどこかにやってしまった。

〈整理屋〉の存在は、十二分に事件に繋がる匂いを感じさせるものだ。

少なくとも、ロマンチックな理由で紗理奈さんがどこかへ消えてしまったという可能性のパーセンテージは低くなっている。

「そうだ」

〈整理屋〉の〈飯島商会〉の飯島さん。

またか、と、嫌がられるだろうけど確認のために電話を掛けてみる。

広太郎さんが言っていたブランドのスーツケースが少し気になっている。何故紗理奈さんはそんなものに興味を持ったか、もしくは欲しがったのか。いろいろなスーツケースを集める趣味でもあったのか。まぁ世の中いろんな趣味の人がいるから、それはそれでありだ。

飯島さんが整理した紗理奈さんの部屋の荷物の中に、ちょっと変わった海外旅行もできそうな大きなスーツケースがあったかどうかを確認してみるか。

ついでに、広太郎さんに教えてもらった名前でネットで検索してみる。かろうじて、出てきた。それを見ながら電話をする。

携帯の番号は、長崎さんのメモにあった。一度会って元刑事ということも話したから、いきなり携帯に電話してもどこで番号を知ったとか言わないだろう。

（はい）

「すみません、探偵の磯貝ですが、今お電話大丈夫でしょうか」

（大丈夫ですよ）

丁寧な口調。声音も会ったときとは全然違う。優しい態度を取らなきゃならない誰かと一緒にいるのか？

「本当に申し訳ないのですが、最上紗理奈さんの部屋の荷物の中に大きめの海外旅行に使うようなスーツケースはありましたか。少し変わったデザインです。写真もあるので、送って確認してもらってもいいのですが」

少し間が空く。

（いいえ、その必要はないですね。スーツケースはなかったです）

「なかったですか」

（鞄という意味では、普段使うようなショルダーバッグやトートバッグ、ハンドバッグのようなものは数点ありましたが、スーツケース類はひとつもなかったです。確かです）

なかったか。

（もしよろしければ、今後の再度の確認もお手間でしょうから、うちでお預かりした荷物のリストを、明日にでもお送りしましょうか。名刺のアドレスに送ればよろしいですよね？）

もう関わり合うのも面倒だからそれがあればいいだろ！　と、言いたいのが十二分に伝わってくる慇懃無礼《いんぎんぶれい》な言い方。

「充分です。ありがとうございます。本当にすみませんでした」

もう会社は終わった時間だから、家に帰って奥さんと子供でもいたのか。そんな感じだな。結婚しているかどうかも知らないが。

まぁ文句を言いたそうだが親切で助かる。

「たくさん物品リストが揃ってくるな」

珍しいスーツケースがないというのは、別にいい。そもそも紗理奈さんが手に入れたかどうかもわからないんだし、ただちょっと気になっただけで、それがどうしたというわけでもない。

けれども。

「どうして、スーツケースがひとつもないんだ」

飯島さんは普段使いの鞄の類いはいくつもあったと言っていた。そういうものも処分したのに、スーツケースはなかった、と。

紗理奈さんは、元は商社の人間だ。海外旅行用の大きめのスーツケースのひとつや二つは持っていて然《しか》るべきだろう。

むしろ、ひとつもない方がおかしい。

知事の秘書の仕事だって、海外に行くことはそれほど多くはないにしても、昔使っていたスーツケースがひとつもないというのはどうなんだ。

「自分で処分したのか、あるいは今」

身の回りのものをそのスーツケースに詰めて移動している、か。

「そっちの方が可能性としては無難か」

紗理奈さんは海外旅行にも使える大きなスーツケースひとつに荷物を詰めて、どこかへ行った。

そういう話になるな。

そしてそうあって欲しいと願っておく。

明日から、どうするか。

現状、こっちで話を聞ける人間には全部当たってしまった。後は、東京に住んでいるであろう、紗理奈さんの以前の会社関係の人間しか残っていない。ただ、別れた元彼の大久保さんは果たして札幌に住んでいたのか、あるいは東京との遠距離恋愛だったのかもわからない。

何もわからないのに東京に乗り込むというのは、どうか。まだこっちで話を聞いた方がいい人は。

「仲野さんか」

秘書課の仲野さん。名刺を出す。仲野万梨《まり》さん。秘書はもう一人いると言っていたが同席させたということは、仲野さんが最も紗理奈さんと親しかったということだろう。

知事のいる前では話せなかったようなことが、ひょっとしたらあるかもしれない。さっき話し終わった後で、そういえば、と思い出すようなことも。

明日、電話してみよう。

それから、旧姓花田さんにも電話してみよう。現状何もわかっていないというのを告げて、何か思い出すようなことはなかったかどうか。

「それぐらいか」

後は、文さんと光くんにも。

これまでのところを話して、文さんの勘の良さを頼ってみる。

そろそろ晩飯の時間だが、今夜は何を食べるか。もちろん美味しいものは大好きだが、そんなに食に拘《こだわ》りはない人間だ。美味しく食べられれば晩飯にカップ麺ひとつでも何でもいい。懐には余裕がある。晩飯を経費で計上できるわけではないが、間違いなく実入りがある仕事を今している。

ただ、この後、八時過ぎには紗理奈さんと真奈さんの父親である最上賢一さんに電話をしなきゃならない。

奥さんの瑛子さんの失踪について。紗理奈さんの失踪と関わりがあるとはとても思えないが、真奈さんが何も知らずにいるというのは、気になる。

「出前を取るか」

すぐ裏手にある中華料理〈紅花飯店《べにばなはんてん》〉は、毎日食べても飽《あ》きない味をしている。実際、二日に一回は食べているような気がしている。

いや、出前より食べに行ってそのまま銭湯に行こう。さっぱりして帰ってきたら、ちょうど八時ぐらいになるだろう。

*

（はい、最上です）

「磯貝です。先程はありがとうございました」

いいえ、こちらこそ、と最上さん。

電話口の向こうでお辞儀もしているような気がする。まだお顔を拝見していないが、真奈さんと紗理奈さんの父親なのだからきっと整った顔立ちの方なのだろう。

「それで、先程お話しした、奥様の瑛子さんの件なのですが」

（はい）

「紗理奈さんの失踪とは無関係だとは思いますが、瑛子さんの場合も失踪してそのままなのだと紗理奈さんとごく親しいご友人の方から聞きました。旧姓花田さんという方ですがご存じですか」

あぁ、という声が聞こえてきた。知っているんだな。

（そうなのですね）

「しかし、真奈さんは『まだ小さい頃に死んでしまったんです。二歳の頃でした』と言っただけで失踪したことは知らないようでした。これはどういうことなのかを確認したかったのです」

少しの沈黙。

（本当に、紗理奈の失踪とは関係ないとは思うのですが）

「私もそう思います」

関係していたのなら、どういうことなのか想像するのも怖い。

「ただ、母親と同じように娘さんまでもが失踪してしまったという偶然は、かなり気になります」

（そうですね、確かに）

きっとそれは、最上さんも今までずっと思っていたことだろう。どうして妻に、母親に続いて娘まで、と。しかしそれを真奈さんと話し合うことはしてこなかった。できなかったということなのだろう。

（結論を先に言ってしまうと、妻が、瑛子が失踪してそれきりになってしまっている、というのは事実です。そして、それを真奈に知らせていない、というのもその通りなのです）

やはり、事実だったのか。

「どういう事情で、真奈さんには、母親が失踪したことを伝えていないのかを訊いてもいいでしょうか」

溜息が聞こえてくる。

（どこからお話しするべきか。長くなると思います）

瑛子とは、札幌で出会いました。お伝えした通り、独身の頃の瑛子は厚別区に住んでいました。私は、北区です。

当時瑛子は、ファッションビルの一階にあった高級海外ブランドを扱う店で働いていました。そうです、今は経営も変わってしまったようですが、あのビルの一階です。店長をやっていました。

磯貝さんはおいくつでしたか。

その当時の、バブルの頃の日本の景気の良さとか話は聞いていますか。

そうですね、その通りです。いくつもの海外の有名ブランドを扱っている店で、何十万も、下手したら何百万もするような服やバッグや、ファッションブランドの商品を売っていたのです。

ただ、瑛子自身は、派手な性格とかそういう女性ではありません。その反対に、堅実で、地味な女性でしたよ。ただ純粋にファッションが大好きな女性というだけで。

海外での買い付けというのも、やっていたんです。

そうですね。普通は東京本店の専門の人間がやることでしょうけれど。私は詳しくはわかりませんが、あの当時はそこの各店の店長なども参加して行なっていたようです。たぶん、研修旅行のようなものも兼ねていたのではないかと思います。

ですから、フランスやイギリスやアメリカといったところへの出張も、瑛子はこなしていました。

一年に一回か、二回ぐらいでしたね。

結婚後は、小樽に家を建てました。はい、まだ紗理奈も真奈も生まれる前から。

子供たちが生まれてからは、子育てもありましたが、当時は両方の母親が近くにいましたから。

仕事が忙しくても特に不自由はさせていなかったつもりです。

あれは、紗理奈が六歳、真奈が二歳になるときでしたか。

もう三十年も前になるんですね。

いつもの年と同じように、瑛子がフランスへ、パリへ買い付けに行ったときです。確か、正味で五日間ほどだったと思います。

まだインターネットは黎明期《れいめいき》だったんじゃないですかね。携帯電話も、ようやく普及し始めた頃でしたか。

ですから、海外に行った人間と気軽に連絡が取れるような時代ではなかったんです。それが、当たり前でした。

はい、行ってしまったら、それきりです。

ホテルから国際電話を掛けるようなことはもちろんできましたが、毎年のように行っていた出張です。

特に何も心配していませんでした。

何の前触れもなかったんです。

帰国する予定だった日です。

帰ってこなかったんです。

「帰ってこなかったというのは、フランスからという意味でですか」

（いえ、家に帰ってこなかったんです。いつもなら空港に、成田《なりた》に着いたときに電話をくれるのにそれがなかった。遅いなと思った義母が携帯電話に電話しても繋がりませんでした。そのすぐ後だった

そうです）

一緒にパリに行った、お店の同僚の方から家の方に電話がありました。

妻が、瑛子がいなくなったと。

確かに一緒に成田に着いたのに、次に札幌に向かう飛行機に乗る前に消えてしまったと。何か連絡は入っていませんかと。

こちらには何も連絡は入っていませんでした。

その人は札幌に帰らないわけにはいかないので、千歳《ちとせ》行きの飛行機に乗りました。しかし、そこに妻の姿はありません。

後からわかったことですが、キャンセルの連絡なども入っていませんでした。

わけがわかりませんでした。

成田空港には間違いなく着いたんです。その同僚の人と一緒に、もちろんその他にもたくさんいて、飛行機を降りました。そして手荷物を受け取るところまでは、いたことはわかりました。

その先から、消えてしまったんです。

気づいたら、受け取った荷物と一緒にいなくなっていたと。

携帯電話は、まったく通じませんでした。

どうしたらいいのか、考えました。

警察に電話して事情を話しましたが、何せ成人女性のことです。一応名前や状況などは控えてくれたようですが、人員を割いて捜索することはしてくれなそうでした。

何もわからずに、ただ待ち続けるしかありませんでした。

（翌日、警察から家に電話がありました。妻のことで話を訊きたいと。てっきり行方不明だと判断されたから捜してくれるのかと、そういう連絡なのかと思いましたが、違いました）

「何だったんですか」

（瑛子が、違法な薬物を運んでいたのではないかという話でした。密輸の、つまりそういうものを運んでいたのではないかと）

運び屋、か。

まさか、そんなところに話が来るとは。

「しかし、失踪したということは、逮捕されたわけではないんですよね」

（いなくなりましたから。逮捕されてはいません。その疑いがあったということなんでしょう。どうやら空港で逮捕されるところだったようです）

「それで、瑛子さんが逃げた、ということですか」

（いえ、それはわかりません。結局その後警察からは何の連絡もありませんでした。私は、そんなはずはないと思っています）


一緒に行ったお店の人の話ですが、あぁ、名前は、佐藤《さとう》さんです。

佐藤育美《いくみ》さんという方です。あ、結婚されて今は名字が違うはずですが。

彼女が言いました。

そんなはずはない、と。

そんなことするはずもない。

そもそも彼女は瑛子と向こうではずっと一緒で片時も離れなかったそうです。

確か三年ほどの間、何度も、ずっと一緒だったそうです。

瑛子が、向こうで誰かから荷物を受け取ったこともないし、帰るときには、ホテルの部屋で、荷物のパッキングも同じ部屋で一緒にやったんだと。

だから、そんな薬物なんかあるはずがない、と。

向こうでも、空港でも、飛行機を降りるときにも、ごく普通だったと。いつもの瑛子だったそうです。

気づいたらいなくなっていただけだった。

逃げるところを見てもいないし、そもそも重いスーツケースを持って逃げ出したら、周りにたくさん人がいたんですから、誰か気づくんじゃないかと。

同行していたのは、二人を含めて八人だったそうですよ。札幌からは瑛子と佐藤さんだけでした。

本当に、神隠しにあったように消えてしまったんだと。

だから、私は、瑛子がそんな犯罪に加担したことはないと信じています。

どうしていなくなってしまったのかは、さっぱりわかりませんが。

ただ、警察はあくまでも瑛子が荷物をパリから運んできた、薬物を密輸したということでした。

「それで、ですか。真奈さんに伝えていなかったのは」

（そうです。まだ二歳になるかならないかの頃でした。話してもわからないでしょうし）

いなくなってしまった母親は死んだことにした。ただ、四つ上だった紗理奈さんには、説明しなきゃならなかった。

（そのときに全部話したわけではありません。いなくなってしまったんだと。そして、失踪宣告をしたときに、紗理奈には全部話しました。真奈には、このままただ死んだことにしておこうと）

逮捕はもちろん、指名手配すらされていないし、何かの記事にさえなっていない。だったら、このままでいいだろうと。

生まれたときから真奈さんは少し身体が弱かったこともあって、そうしたんだと。

そういうことか。

三十年も前の母親の失踪というのは。

「わかってはいるのですが、確認だけさせてください。そのまま奥様は行方知れずで何の連絡も、手掛かりもなかったのですね？」

（はい。それで今に至っています）

失踪。

いや、これは事件だったのか？

「すみません、電話が長くなってしまいますがまだいいですか？」

（はい、何でしょう）

「ちょっと話の流れで、私の中で混乱してしまったのですが、当時は小樽にいらしたんですよね」

（そうですよ）

「警察から電話があったと言われましたが、それはどこの警察だったんでしょう。覚えていますか」

（札幌の警察でした。名前までは覚えていませんが、電話の後、刑事さんが家までやってきました。中央署の方でしたね）

　中央署。

「名前は出てきませんか」

（すみません、名刺を貰ったわけでもないですし、家までやって来たのもそれきりだったので）

　一回きり。

　薬物の密輸という重大な犯罪なのに、一度しか来なかった。

「何人来ましたか」

（二人です。男性の刑事さんが二人）

「顔も、覚えてはいませんよね」

（忘れましたね。何となくのイメージは残っていますが。一人は細身の、知的な感じの方で、もう一人はいかつい感じの方でしたけれど）

　刑事の組み方のパターンではあるが。

「わかりました。とりあえずの疑問は解消されました。ありがとうございます。もうひとつ、念のためというか、先程の奥様の同僚だった方、佐藤育美さんですか。現在のお名前とご住所などはわかりますかね」

（ちょっと待ってもらえますか）

　受話器を置く音がする。何かを取りに行ったんだろう。

（すみません。今は金崎《かなさき》育美さんですね。札幌にいます。メモはいいですか）

「どうぞ」

金崎育美さんは、東《ひがし》区に住んでいた。まったく土地鑑がないところだ。

（会うのですか？）

「いえ、元刑事の性《さが》でしょうかね。確認しておかないと気持ちが悪くて。引き続き紗理奈さんの行方を追いますが、何かありましたらまた直接電話連絡をさせてもらっていいでしょうか。真奈さんを通さずに」

（もちろんです。いつでも、どうぞ。夜は大抵はいますので）

「ありがとうございます。失礼します」

電話を切る。

久しぶりの長電話で少し耳が疲れてしまった。最初からスピーカーにしておけばよかった。まさかこんな長話になるとは思わず。

しかし。

「とんでもない事件だよな」

失踪したのは確かなんだろうが、薬物の密輸だ。

最上瑛子さんは、運び屋をやらされたということになってしまうのか。そして、そのまま行方不明になってしまった。

どう考えても、いや三十年間も行方がわからずにいるのだから、瑛子さんは確実に消されたということなんだろう。生きているとしたら、余程のことだ。夫にも娘たちにも何ひとつ連絡を寄越《よこ》さずに、三十年だ。

もしも本当に運び屋をやっていた、もしくはやらされていたのなら。

「どうなんだ」

中央署の刑事が来たと言っていた。もちろん担当の部署はあるが、三十年前はどうだったのかは調べないとわからない。警視庁か、あるいは麻取《まとり》の方からの連絡で、もしくは要請で動くことも当然、ある。

「どういうルートだったんだ」

運び屋本人は消えている。

何故、運び屋だとわかったのか。

タレコミがあったのか、あるいは以前から瑛子さんがマークされていたのか。

「いやそれはないか」

マークされていたのなら、もっと早くに動いていて然るべきだ。何年も海外出張に行っていたんだから。

「わからんな」

瑛子さんは何故神隠しのようにいなくなってしまったのか。

薬物関係の、暴力団のような連中に連れ去られてしまったのか。しかし運び屋に使っていたのなら、どうして連れ去るんだ。荷物だけ受けとればそれで済むものを。衆人環視の中で、人まで連れ去るなんていうリスクの高いことをする必要もないだろうに。

「気持ち悪いな」

もしも俺が三十年前にその場にいたのなら、徹底的に調べたくなるような事態だ。

最上家にやってきた刑事は中央署の誰だったんだ。三十年前なら、もう引退しているかもしれない。

残っていたとしても余程のベテランになるな。

そして一回しか来なかったというのは、何故だ。

それはもうただのおつかいだろう。

ガセネタとわかっていて、そのネタ提供者の面目を保つためだけに、顔だけ出したみたいじゃないか。

そういうのは、ある。

「あるよな」

上の方からの要請で、絶対ガセだろうとわかっているのに、仕方なく出かけて行くことなんか、よくあった。

もしも、そうだとしたら？

瑛子さんは、何かに巻き込まれてその犠牲になったのか？

「いやいや」

紗理奈さんの失踪とは何の関係もない、はず。

とりあえず、母親が犯罪者かもしれないというのを真奈さんから隠すために、黙っていたんだと。

もう理解できる年齢になっていた紗理奈さんには話した。

それは、納得した。十二分に理解できる。

それで終わっていい話なんだが。

「気になる」

中央署。

記録は残っているだろうか。あるいは在原さんは、この件を知っているだろうか。三十年前なら、在原さんもまだ二十代だ。駆け出しの頃だ。その頃はどこの部署にいたのか。いや三十年前に中央署にいたとは限らないか。

紗理奈さんの方は、手詰まりだ。

「よし」

電話をする。

（はい）

「東雲ちゃん。今いいかな？」

（いいですよ）

「めちゃくちゃざっくりした頼みで申し訳ないけれど、三十年くらい前に中央署が扱った薬物関係の記録って集められるかな。案件と担当者」

（三十年前ですか）

「そう。念のために、三十年前から二十八年前まで都合三年分ぐらい」

（たぶん、データ化されていない部分もあると思いますが、やってやれなくはありません）

「頼める？」

（一週間ぐらいいただけるなら。それと、私への口止め料）

「何でも奢る」

予算はある。

（じゃあやってみます）

「よろしく」

東雲ちゃん、本当にいい子だ。結婚してもいいぐらいだけど、残念ながら彼女はその気にならない。

もう一本電話。

（はい。どうしました？）

「光くん、文さんは仕事中だよね」

（そうですね。今日は宿泊のお客様もいるので）

「昼間、空いてる日あるかな。一緒に話を聞いてもらいたい女性がいるんだ」

（紗理奈さんの件ですか？）

「たぶん」

関係ないかもしれないが。

同僚だったという佐藤育美さん。現在の金崎育美さんに話を聞いてみたい。

# 10

〈銀の鰊亭〉のランチタイムが終わって、それぞれにまかないの時間。

と、言ってもおやつの時間も近いのにご飯をたっぷり食べてしまうと、おやつを美味しく食べられないので、文さんはお昼ご飯をいつも二回に分けて食べているんだそうだ。

ランチタイムの始まる前の十一時に軽く食べて、終わってからの二時半にさらに軽くひとつまみ。

そして今日のおやつは、新しく出そうとしているフルーツレアチーズケーキの試作品。

チーズケーキとフルーツを一緒に食べられてしかも美味しいなんて、最高のスイーツじゃないかと思う。

「でも、まだまだなのよね」

「いや、充分に美味しいですけどね」

フルーツレアチーズケーキ。今載っかっているフルーツはキーウィとオレンジだけど、載せるもので全然変わってくるから楽しいと思うんだが。

「今までにないものを作りたいのよ。味はもちろんだけれど、もう口の中に入れた途端に『なにこれ！』って皆が笑顔になるような口の中の触感？　舌触り？　そういうものを追求したくて」

「なるほど」

確かにそう言われれば、味自体は美味しいけれども、どこかで食べたことあるような感じではある。

「でも、難しいよ。チーズケーキなんて本当にもういろんなタイプのものが出回っているんだから」

光くん、それも確かに。

「そうなのよね。でも、明らかに違う美味しいものを見つけられれば、それが売りになると思うのよ」

明日なら、文さんは昼間動けるという。もちろん夏休み中の光くんも。それで、こうしてお金を払ってランチを食べに参上して、おやつはサービスで食べながらこれまでのところを説明している。

紗理奈さんの新住所は多少グレーな手段で手に入れることができたけれど、それはまったくのでたらめだった。

紗理奈さんをよく知っているはずの坂東知事からは、なんの収穫もなかった。得意客だったという、セレクトショップをやっている知事の息子さんの広太郎さんとも話したが同様。そして紗理奈さんの母親の失踪はやはり事実で、それを真奈さんに隠していたのは、薬物の運び屋疑惑があったから。

ここの件では文さんも光くんも眼を丸くしていた。

「まさかそんな話が出てくるとは、驚きね」

「まったくです」

本当に驚いた。

「真奈さんに内緒にしていたのも頷けますね。それでずっと来たんだから今更話せもしないのかな」

「そういうことでしょうね」

どうしても必要が出てくれば話すのだろうが。

「事態がはっきりするまで、これは内緒ね」

「そうしてください」

おそらく、この件が何らかの形で落着するときには、知られることになるとは思うけれども。

「紗理奈さんの行方はまったく手詰まり。それで、お母さんの瑛子さんの失踪がどうしても気になってしまうので、一緒にフランスに行っていた元同僚の金崎育美さんに会って、いなくなったときの状況を確認したいのね？」

「そういうことです」

光くんが、軽く頷いている。

「紗理奈さんが処分したものの中に、スーツケースがひとつもなかったっていうのも確かに気になりますね。紗理奈さんが何もかも捨てて、スーツケースに荷物を詰め込んでどこかへ行ってしまった絵が浮かんできます」

「そうであれば、むしろラッキーだなと思ってはいますけどね」

生きているのであれば、いつか家族と、真奈さんも再会できるかもしれない。生きていれば、だ。

文さんが、眉間に皺《しわ》を寄せて何かを考えている。

「どこか気になるところがありましたか」

記憶を失ってからの文さんの感覚は、驚異的なものと言っても差し支えないと、充分に理解している。

現場百遍《ひゃっぺん》ではないけれど、その場にいたり、その人に会ってみないと働かない感覚ではあるだろうけれども、こうして状況を説明するだけでも、そこに何かを感じ取ってくれることもある。

ある意味、安楽椅子探偵だ。

「坂東知事と話したときに、磯貝さんは何にも感じなかったのね？　何かを隠しているとか、そういうのは」

「感じませんでしたね」

人が嘘をついているのなら、特に自分が罪を犯していると感じているのなら、どこか不自然だったり挙動不審だったり、そういうものが出てくる。そして刑事を長くやっていれば、文さんではないがそういう匂いには敏感になる。

「少なくとも、紗理奈さんの失踪に関しては本当に何も知らなかったんだなとは思いました」

文さんが、ゆっくりと、頷く。

「パリで偶然知り合って仲良くなって一緒に仕事がしたいと熱望した」

「そう言ってましたね」

「それが叶《かな》って、なおかつ外務大臣にだってなれそうなどと、ものすごく評価をしていた相棒とでも言うべき人が、突然理由を何も言わずに相棒を辞めて、そして失踪してしまった。いなくなった」

その通り。

「私は全然わからないのだけれども、坂東知事って有能な政治家なのかしら」

有能という評価は残念ながら聞いたことはないかな。

「世間の評価は、可もなく不可もなく、って感じでしょうかね。無難にこなしてはいるけれども、革新的なことをやるわけでもなく、かといってとんでもない失敗をするわけでもなく」

「それまでの体制を維持しているだけ、かしら？」

「そんな感じなんでしょう」

通り一遍のことしか知らないが、たぶんそうだ。

「庶民的で人気があるって父さんは言ってたけどね」

「それは間違いないでしょうね。私もそんな話を聞いたことあるわ」

話していても、本当に近所のおばさんと話しているような感じだった。親戚の中に一人は間違いなくいるような、おしゃべりなおばさん。

「すると」

文さんが右手の人差し指をくるん、と回す。

「政治家としてさほど有能な人ではないみたいなのに、北海道知事にまで、しかも初の女性知事というところにまで上り詰めたのは、どうしてなのかしらね」

「それは」

わからない。

「きっと私たちにはわからない何かがあったのでしょうね。有能でもない人が北海道知事にまでなれたのには」

「なりたいと思っても、簡単になれるものじゃないしね」

「その通りですね」

そう言われてみれば、そうだ。

きっと坂東さんに一官僚から知事まで伸《の》し上がる何かがあったのだろう。それが何かは、まるでわからないが。

「可もなく不可もなくの知事と一緒にいた特別秘書は、外務大臣にしてもいいぐらい有能だったのね」

「知事はそう言ってました」

「アンバランス、なのね」

「アンバランス、ですか」

文さんが頷く。

「そもそも、真奈ちゃんから最初に話を聞いたときから、そう感じていたのよ。知事の特別秘書にまでなった人が、その知事が連絡も取れなくなるぐらいの、文字通りの突然の失踪をするってバランスが悪すぎるって。そう思わない？　どう考えてもそういう場合はきちんと辞めていくのが普通よね」

　バランスが悪い、か。

　なるほど、そういう表現になるのは文さんの感覚故《ゆえ》か。

「そうかもしれません」

「汚職とかそういうのがあれば別だろうけどね」

　光くんが言って、そうよ、と文さんも頷く。

「そのアンバランスさを生み出したのは、何なのかしらってことね。紗理奈さんが立場を利用して汚職でもして、それがバレそうになったから突然辞めて失踪したのならバランスは悪くないわ。そうなるよねー、って皆が思うかも。でも、紗理奈さんの場合は」

　今のところはまったく何も出てこない。

「アンバランス、ですね確かに。そういう表現をするのなら」

「じゃあさ、紗理奈さんじゃなくて、坂東知事が何か汚職でもしていて、それに紗理奈さんが気づいてしまって、ヤバいってことで巻き込まれないうちに辞めて失踪したのなら、バランスは悪くない？」

「それも、アンバランスね」

　光くんに、文さんが顔を顰めて言う。

「会ったこともないので、これまでの話を総合しての印象でしかないけれども、紗理奈さんは知事の汚職を見つけたのなら失踪なんかしないんじゃないかしら」

「むしろ内部告発というか、摘発する側に回る感じでしょうかね」

「そんな感じがするでしょう？　でも、私たちは坂東知事と紗理奈さんの関係が本当はどこまでのものだったかわからないから、判断はできないのだけれど」

それにしても、バランスが悪い、か。

「そんなにバランスが悪いのに、僕の話では知事があまりにもあっけらかんとしているのにも、そう感じたんですね？」

文さんが、頷く。

「あくまでも、磯貝さんの話を聞く分には、ですけれど。失敗しちゃったわね。私も知事に会ってくれれば良かったかも」

「今度はそうしましょう」

何かの理由をつけて、会うことはできるはず。

「紗理奈さんの失踪に進展があったので話を聞いてほしいとなれば、会ってくれるはずです」

「そのときに一緒に行けばいいわね。お母さんの瑛子さんの失踪の理由を探るのは、その手段になるかもしれない」

「なりますね」

坂東知事は、紗理奈さんの母親の失踪のことを知っていたのかどうか。

「たぶん知らないでしょう」

「知っていたのなら、話の中に出ない方がおかしいわよね。母親も失踪したとかどうとか」

「出て然るべきですね」

知らなかったはずだ。そもそも犯罪絡みかもしれないそんな話を、いくら知事と特別秘書の関係でも簡単に話すはずがない。

「紗理奈さんは、薬物関係のことをお父さんに聞いて知っていたんですから、話すはずないですよね。職さえ失いかねないんじゃないですか」

「その通りでしょう」

うっかりでも話をするはずがない。

「行きましょう。その金崎育美さんに話を聞きに。瑛子さんはどうして失踪してしまったのか」

「札幌のどこですか」

「東区です」

東区の東苗穂《ひがしなえぼ》。

「この間みたいに、私が電話した方がいいわね」

「お願いします」

＊

旧姓佐藤育美さん、現在金崎育美さんはそこのマンションに一人住まいだった。文さんから電話をしてもらい、自宅で会う約束を取り付けて、お邪魔した。

住まいはけっこう古いマンションで、五階建てだがエレベーターはなし。

これでは上階に住むお年寄りは相当辛いのではないかと思ったが、膝などに支障がなければ、一日に一回出入りするだけで、良い運動にはなるのかもしれない。かなり足腰が鍛えられる。

幸い、育美さんの部屋は二階だった。

現在六十二歳。ご主人は三年前に癌《がん》で他界。お子さんは娘さんが一人いたが、ご主人が亡くなる一年前に結婚して今は南区《みなみ》に住んでいる。このマンションのすぐ向かいに大手のスーパーがあり、そこでレジ打ちのパートをしている。

亡くなったご主人の保険金もあり、一人なら充分な生活をしているそうだ。嫁《とつ》いだ娘さんも、時折訪ねてくる。

ずっと高級ブランド品を扱う店で働いていたと聞けば、なるほどと頷ける雰囲気を今もお持ちだった。我々が来るので少しよそ行きに着替えたのであろうその部屋着も、決して安物ではなさそうだとわかる。ひょっとしたら安物かもしれないが、少なくともセンスの良さが伝わってきた。

マンションの居間。午後の陽射しが入り込む中、出してくれた紅茶の香りが漂っている。革張りのソファは、かなり年代物で古ぼけてはいるが、上質なものだとわかる。ローテーブルは量販店のインテリアの店で同じものを見たことはあるが。

育美さんは、電話口で絶句するほど驚いていた。

元同僚であり、失踪した瑛子さんの娘である紗理奈さんの行方がわからなくなっていることを。そして同じく娘である真奈さんからの依頼で、我々探偵がその行方を捜していることを。

信用してくれて、こうして文さん、光くんと三人で居間のソファに座っている。文さんのことは真奈さんの同級生、光くんは探偵の助手ということにして。

整理立てて、最初から説明した。

真奈さんから文さんを通じて依頼があったこと。

紗理奈さんの失踪がどういう状況であったか。

今まで調査してまるで手掛かりが摑めていないこと。

その中で、母親である瑛子さんも失踪していたことを、夫である最上さんから聞いたこと。

二人の失踪に関係があると考えることはかなり無理があるものの、紗理奈さんを追う手掛かりが現状何もない以上、一通り調べるためにやってきたと。

わかりました、と、育美さんは頷いてくれた。

最上賢一さんとは、瑛子さんの失踪当時に一度会ったきりだそうだ。

その後に電話でのやり取りが何度かはあった。そして最後に連絡を貰ったのは、家裁より瑛子さんの失踪宣告を受けたときだそうだ。

「そのときまでは、きっとどこかで生きていると信じ続けていたんですけれどね」

小さく息を吐いて、言う。

「そういう連絡を貰った日から、私も瑛子に手を合わせるようになりました」

命日などわからないから、お盆には瑛子さんの顔も思い浮かべ、見守っていてねと手を合わせるんだと。

それは、三十年経った今でも。

「その日のことは、覚えていますか」

「忘れることなんかできませんよ」

育美さんが、はっきりと言う。

瑛子さんがいなくなった当日のこと。

「あの頃、何度も何度も頭の中で思い起こして、考えていましたから。どこで彼女を見失ってしまったんだろうって本当に何度も」

思い出は時間の経過と共に、薄れていく。あるいは変容することもある。けれども、あの日のことは今でもはっきりと覚えている。録画した映像のように、頭の中で繰り返すことができると。

「飛行機が何時に着いたのかも、もちろん便名も」

育美さんがテーブルの上に出してくれたのは、一枚のレポート用紙。そこに、その日の飛行機の便名と到着予定時刻、そして実際には何分頃に着いたか書かれていた。

その後に、自分が瑛子さんの身を案じながらも、何時の新千歳《しんちとせ》空港行きの飛行機に乗ったかも。

「メモしておいたのを、書き写しておきました」

「ありがとうございます」

頼まなくても用意しておいてくれているというのは、育美さんが有能な社員だったことの証左だろう。探偵がいろいろ聞きに来るのなら、これは必要だろうと。

「当然でしょうが、この日以来瑛子さんからの連絡は一切なし、ですね」

「もちろんです」

たとえば怪しい無言電話とか、風の噂とか、そういうものも何もなかった。自分にも、店にも、店で働いていた他の同僚たちにも本社にも一切何もなし。

本社の方でも騒ぎになり、幾人かで捜索めいたことはしてくれたが、何も手掛かりは得られなかったと言う。

「薬物の件は、本社の方でも把握したのですか？」

ない。

「いいえ。それは最上さんと私だけだと思います」

最上さんは、他には誰にも一切話していないと言っていた。もちろん、育美さんも誰にも言っていない。

「その日のことは、はっきり覚えていると言いましたが、話せることはあまりないんです。皆さんが最上さんから聞いた話が、ほとんどです」

予定より十分ほど遅れたが、何事もなく飛行機は成田空港に着いた。着いてから降りるまでも、そして荷物の受取所まで行くときも、何も変わったことはなかった。

「受取所でも、一切何もなかったんです」

それも当たり前だが、常にお互いを見ていたわけではない。すぐ近くにいたけれども、それぞれ自分の荷物が回ってくるのを見て待っていた。

「他愛ない話しかしていません」

また飛行機に乗って札幌に帰る。

一時間半が、きっとあっという間に感じるね。

成田でも何かお土産買う？　などなど。

誰もがそこでするような、本当に他愛ない会話しかしていない。

「瑛子の様子にも、変わったところなど何ひとつありませんでした。いつもの、瑛子でした」

そのうちに、瑛子さんのスーツケースが出てきた。

瑛子さんは、来た、と言いながら軽く小走りに向こうまで行って、取ろうとしていた。

「性格ですね」

育美さんのスーツケースも出てきたのがわかったけれど、取りに行かずに自分のところまで流れてくるのを待っていた。

瑛子さんはスーツケースを持って、荷物を待つ人混みから少し離れていった。

「そのときに、視界に入っていた瑛子を見たのが、最後です」

育美さんは、少し動いて自分のスーツケースを取った。スーツケースしか見ていなかった。

取り上げて、床に下ろし、どこにも異常がないことを軽く確かめた。

他の人たちは、どうだ、と周りを見た。一緒に帰ってきた人たちもそれぞれに荷物を取ったり、流れてくるのを確かめていた。

「けれども、そこに瑛子の姿はありませんでした」

最初は、トイレに行ったかと思った。

どのみち、他の人たちとはここで別れることになるから、そのまま瑛子さんを待っていても問題なかった。

「一緒に来ていた仲間が三々五々、じゃあね、またね、と出て行きました」

しかし、瑛子さんが戻って来ない。

随分長いなと思ってトイレに行ってみると、そこに瑛子さんの姿はなかった。

「ちょっと、あれ？　と思いました。どこ行ったんだあの子は、と」

ひょっとして勘違いして、さっさと一人で新千歳行きの搭乗口の方へ行ってしまったのか、と。

それでも、新千歳行きの飛行機まではまだ時間があるので慌てることは何もなかった。自分もそっちへ向かえばいいだけのこと。

「向かいながら、携帯電話に電話してみたけど、出ませんでした」

何をしてるんだ、と、ちょっと文句を言いながら向かったけれども、搭乗口にその姿はなかった。

そこで初めて、何かあったのかと考えた。

どこかへ行くはずはない。それでも、いきなりどこかへ行ってしまった可能性はある。

それからは、あちこちに電話をした。瑛子さんの携帯にも、そして一緒に行った仲間にも。けれども誰も見ていない。電話にも出ない。

東京の本社や、あり得ないけれども瑛子さんの家にも電話してみた。空港で呼び出しもしてもらった。

どこにも、誰にも瑛子さんの姿は見えなくて、空港から消えてしまっていた。

「そのままです。私は混乱しながらも飛行機に乗って、札幌に帰ってきました」

むろん、その飛行機の瑛子さんの席には誰も座ることがなかった。キャンセルの連絡もなかった。

そのまま、瑛子さんは消えてしまった。

「私がお話しできるのは、これだけなんです」

わかっていたことを、確認しただけ。そしてこれもわかっていたことだが、文さんに眼で確認した。小さく頷く。

育美さんが嘘を言うはずもない。自分が知っていることを、そのまま話してくれている。しかし、細かいディテールはよくわかった。

間違いなく、瑛子さんは突然消えてしまったのだ。

「覚えている限りでいいんですが、たとえばそこにヤクザっぽい男たちとか、不審な男たちがいたとかはどうでしょうか」

育美さんが首を横に振る。

「たくさん人はいましたから。海外からの飛行機ですから、浮かれた恰好の人たちや派手な恰好の人、いろんな人がいましたけれど、はっきりそれっぽいと感じたような人がいたかどうかはわかりません」

だろうな、と思う。

「でも、写真があります。何かの足しになるかと思って、用意しておきました」

ずっとテーブルの上に置いてあった木目調の箱はなんだろうと思っていたが、写真を入れていたのか。

育美さんが蓋を開けて、中からプリントされた写真を取り出した。

「これが、当時の瑛子です。最上さんから見せてもらいましたか？」

「いえ、最上さんとは電話でしかお話ししていませんので」

何枚かの古い写真。三十年も前のフィルムで撮影された写真だ。色も褪《あ》せてきている。いかにも、の写真。

文さんが手に取ったので、光くんと一緒に覗き込む。これが、紗理奈さんと真奈さんの母親、瑛子さんか。

なるほど、真奈さんと同じ系統の顔だ。親子と言われれば素直に納得できる。

「真奈ちゃんに似てるわ」

育美さんが、少し微笑んで頷いた。

「私は紗理奈ちゃんも真奈ちゃんも生まれた頃から知ってますけど、小さい頃から真奈ちゃんはお母さん似でしたよ。紗理奈ちゃんはお父さん似でしたよね」

そうなのだろう。会社で出かけた何かのイベントの写真だろうか。大勢の人たちに交じって幼い頃の二人の姿もあった。

三十年前の写真。カラー写真ではあるけれど、古い時代の雰囲気がある。何よりも久しぶりにこの印画紙、だったか、プリントされた写真を手にしたような気がする。

「いちいち写真を撮ったんです。これを撮ったのは同僚だった、当時は東京にいた主任です」

飛行機に乗る前か。海外の雰囲気がある空港で撮った写真。

そして、成田空港なんだろう。どこか古い感じのする手荷物受取所で佇んでいる女性たちの姿もある。

そこに、若い頃の瑛子さんと育美さんもいる。

「うん？」

思わず、たぶんパリの空港であろうところで撮られた、育美さんと瑛子さんが並んでいる写真を見直す。

「これは、パリの空港ですか」

「そうです」

シャルル・ド・ゴール空港だったか。そこかどうかはわからないけれど、それはどうでもいい。

「ここに少し見えているのは、瑛子さんの荷物ですか」

写真を育美さんに向ける。

育美さんは眼を細めて、見る。

「そうですね。瑛子のスーツケースです」

まさか。

「すみません。他の写真に、このスーツケースがはっきり写っている写真はなかったでしょうか」

「スーツケースですか？」

首を捻る。

「ちょっと待ってください。整理したアルバムがあるので持ってきます」

「お願いします」

立ち上がって、隣りの部屋へ向かった。

「どうしたの？」

文さんが訊く。

「スーツケースです」

これに関しては、関係ないと思って二人には詳しくは話していなかった。

「知事の息子さん、広太郎さんに話を聞いたときに、紗理奈さんと一度だけ個人的にメールでやり取りしたことがあると言ったんです」

フランスのファッションデザイナーのもののスーツケース。おそらく少ししか出回っていない、おそらく革張りでデザインもカラーリングも個性的なもの。

「それを知っているか、あるいは手に入るかどうかを、紗理奈さんは訊いていたんです、広太郎さんに」

「スーツケースを」

「それが、これなんですか？」

光くんが、ほんの少しだけ写真に写り込んでいるスーツケースらしきものを指差す。

「ひょっとしたら、そうです」

「お待たせしました」

育美さんが写真アルバムを二冊持ってきた。

「この中に、瑛子と一緒に海外に行ったときに写した写真がたくさんあるんです。その中にひょっとしたら写り込んだものがあるかもしれません」

「見ましょう」

一冊を受け取り開く。文さんがもう一冊を開いた。

ゆっくり、見ていく。三十年以上も前の思い出のアルバム。写っている人たちのファッションや風景がいちいち懐かしく感じる。この二人は本当に仲が良かったのだろう。たくさん、二人で写っている、あるいは瑛子さんを写した写真がある。

「これですか？」

文さんが声を上げた。

育美さんが、覗き込む。

「あ、そうですね。これが瑛子がいつも海外に行くときには使っていたスーツケースです」

間違いない。

「ひょっとして、ファッションデザイナーの〈ジャン・イブ・ファニー〉のものなんでしょうか」

「そうです！　よくご存じですね。ほとんど出回っていなかったので、瑛子も運良く手に入れられて自慢していたんですよ」

紗理奈さんが探していたのは、母親が持っていたスーツケースだった。

どういうことだ？

いや、すると。

「失踪当時も、このスーツケースを使っていたんですね？」

「そうです」

「じゃあ、瑛子さんと一緒にこのスーツケースも消えた」

はい、と、育美さんが頷く。

このスーツケースに薬物が入っていると疑いが掛かった。

「でも、もう聞いていると思いますけれど、瑛子が薬物を運んだなんてあり得ません。私が一緒に荷造りしたんです。あの中には一切不審なものなどありませんでした」

それは信じるとして。

何故、紗理奈さんは母親のスーツケースを、今。

いや、自分が失踪する前に探したのか。探そうとしたのか。

光くんが、何かに気づいたように写真を手にした。

「磯貝さん。これ」

さっきの、成田空港で撮られた写真を見せる。

「ここに、ピンボケですけど、後ろに少し写っているスーツケース、同じものじゃないですか？」

「え？」

見る。

まったくはっきりとはわからない。だが、確かに色合いが同じようなものにも見える。

「そうかもしれませんが」

待て。

二人は、瑛子さんと育美さんは、並んで写っている。それはつまり、後ろにあったこのスーツケースにまだ気づいていないということだ。

「もう確かめようもないですけど、同じものが、同じスーツケースが別にあったということだとしたら？」

誰かが、同じスーツケースを持っていた。

そして、同じ便に乗っていた？

# 11

事務所に戻ってきて、コーヒーを淹れる。

陽射しが強く外を歩くと暑いが、風が意外に冷たくて風が通り過ぎる事務所の中はちょうどいい感じだ。こんな気温と天気がずっと続くようなところに住めれば、それがいちばんいいのだろうけど。

北海道は夏は最高だが、冬は困りものだ。雪が。雪さえなければ、いや多少は降ってもそれは風情というものでいいのだが、たくさん降られるのが本当に困る。警察の捜査活動においても、雪は本当に厄介なものだ。雪が融《と》けてからある事件の証拠が出てきた、なんてことも実際にあった。

もちろんそれを期待して行ったわけではないのだが、育美さんからは、瑛子さんと紗理奈さん母娘の失踪に関しての新たな情報は何も得られなかった。

ただ、瑛子さん失踪に関しての細かいディテールがよりリアルにわかり補強されたというだけ。

けれど、ひとつの謎がもたらされた。

失踪した母親の瑛子さんが使っていたスーツケースが、紗理奈さんが広太郎さんを通して探していたスーツケースと同じものだったということ。

何故、紗理奈さんが失踪前にそんなものを探していたのかは、わからない。

育美さんに見せてもらった写真は、ほぼ全部iPhoneで撮らせてもらった。事務所にある同期したｉＰａｄで、大きくして見る。

「これですね」

光くんが言う。

成田空港の手荷物受取所のところで撮った、育美さんと瑛子さんが並んで写っている写真。

その後ろのレーンの上に、確かに瑛子さんのスーツケースと同じようなスーツケースが写ってはいる。

かなりボケてしまっていて判然としないのだが。

「同じもののように見えますよね」

「見えないこともないですけれど」

確信は持てない。

「すみません、考えてみたら僕は荷物を預けて飛行機に乗ったことがないんですけれど、このレーンに載ったものは全ての人が自分の荷物を取って持っていくまで、何度もぐるぐる回るんですよね？」

二人に訊いたけれども、二人とも顔を顰めた。

「僕もないです。海外旅行したことないし、国内のも今までずっと機内持ち込みで済んでるんで」

「私は、記憶にないの」

そうだった。どうも忘れてしまう。文さんに飛行機に乗った記憶があるはずもない。

「でも、そう聞いてるからそのはずですよ」

「ということは、この瑛子さんのスーツケースは、同じものが二つあったという可能性と、もうひとつの可能性としては、瑛子さんのものが二周していた可能性もあるってことにもなるわよね」

「その通りですね」

スーツケースにはタグが付いている。仮に同じスーツケースでもタグを見れば自分のか他人のかはわかる。

「この写真の位置からすると、どっちとも取れますね」

「でも、この写真は手荷物受取所についてすぐに撮ったはずだって育美さん言ってましたよね。周りにあまり人も写っていません。ということは、このスーツケースは相当早く出てきたってことになりますよね」

「確かに」

他に回っている荷物も少ないように見える。

「その後の話でも、二人で荷物を待っていたら先に瑛子さんのスーツケースが出てきて、瑛子さんは立っているところまで回ってくるのを待たないで、走って取りに行ったって言っていたわね」

「言ってました」

その後すぐに育美さんのスーツケースも出てきている。つまり、同じタイミングでその二つは出てきている。

もちろん、他の人の荷物も。何せ三十年も前の話だ。この辺のシステムも今とは随分違っているかもしれないが、基本は同じだろう。同じ便に乗ってきた人の荷物は、同じタイミングで出てくる。

そうすると、やはりこの写真に写っているのは、瑛子さんのものと同じようなものがもうひとつあったということを示しているのか。

写真をさらに見る。

「ここまでボケている画像をきれいにできますか？」

光くんに訊くと、ちょっと首を傾げた。

「僕にはちょっとムリかもしれません。でも、できる人は知っていますよ。やってもらいますか？

もちろん費用はかかりますけど」

「予算はご存じの通りありますが」

そこまでする意味があるかどうか。

「そういえば、お二人とも何時までに戻りますか？　小樽に」

文さんと光くんが顔を見合わせる。

「何時でも大丈夫よ。今日はお泊まりになる方いないから。ちょっと切りのいい何かが出るまで話しましょうよ」

「僕も大丈夫です」

「ありがたいです」

三人寄ればなんとかじゃないが、一人であれこれ考えるよりもはるかに多方面からの意見が出てくれる。

「育美さんは、瑛子さんのものと同じスーツケースが他にもあったという記憶はない、って言っていたわね」

「言ってました」

それからすると、この写真を撮ってすぐに、そのスーツケースを誰かが持っていったという可能性も、確かになくはない。

「もう確かめようもないですもんね。三十年前なら」

「この写真からは、どうしようもないわねきっと」

「いずれにしても、紗理奈さんが母親の持っていたスーツケースを探していたというのは事実として認定済みです。それは、何故なのか、というのは何かの鍵になりますかね」

「なりそうね」

文さんも、頷く。

「紗理奈さんは失踪なんていう日常ではほぼあり得ないことをしたのよね。そして、三十年も前に死んだと思われる母親が使っていて、その失踪と同時に失われたスーツケースと同じものを、紗理奈さんは自分の失踪前に探していた。これは、何か関係があるんじゃないかと思わない方が無理よ」

「そう思います」

光くんも言う。

「母親の、スーツケース、か」

瑛子さんには、薬物の運び屋疑惑があった。

「しかし、その疑惑もどこか中途半端ですからね」

「普通なら、警察が動いて、その捜査に一回しか夫に訊きに来ないなんていうのも、あり得ないですよね？」

「通常は、考えられません」

「でも結局その情報がガセネタみたいなもので、捜査はそれで止めたってこともあるのでしょう？」

「可能性としては、ゼロではないです」

そこは、調べてみなければ本当に何もわからない。

「仮に、本当に薬物が運び込まれていたならば、疑惑をかけられた人物である瑛子さん、妻が行方不明になっているわけですから、捜査をしたのならば、瑛子さんの夫のところに一度しか来ないでそれっきりというのは確かにおかしいんです」

「張り込んだりしますよね」

「しますね」

通常であれば、妻が、夫のところに帰らないはずがないのだから。

瑛子さんの場合は帰ってこなかったのだけれど。

「本当に、謎だらけの失踪なのね瑛子さんは。よく警察が捜査しなかったわね」

「そこも、全部が謎です。詳細に調べてみなければ何とも言えません」

「調べるあてはあるんですか？　三十年も前の、それも事件かどうかもわからないのに」

「本部に、北海道警察のね、ちょっとした部署にいる知り合いに頼んであります。それは結果待ちですが少し時間が掛かります。何せ三十年前のものです。下手したらデータベース化されていないものばかりかもしれませんので」

　東雲ちゃんの尋常ではない検索能力に期待している。

「じゃあ、瑛子さんの薬物運び屋疑惑は、その調査待ちで、今考えても何もわからないから無駄ね」

「無駄ですね。これ以上は」

「それは、結果待ちとして」

　文さんが、小さく頷く。

「スーツケースが、果たして同じものが二つあったかどうかも、今の時点では考えても無駄ね」

「無駄です」

「それは調べる方法は、あるかしら？」

「航空会社に問い合わせてみなければわかりませんが、ほぼ、無理でしょう。三十年も前の搭乗者の記録と荷物の詳細が今も残っているとは思えません。しかも、海外からの便です。育美さんのおかげで航空会社と便名はわかってはいますが」

「本国には問い合わせようもないわよね。英語できないでしょう？」

「日常会話程度しか」

　とても捜査に使えるようなものではない。

「成田空港側にだって残ってませんよね。航空会社は海外のものでも、荷物を降ろしたのは成田空港の職員なんでしょうけど」

「残ってないでしょうね」

念のために問い合わせてみてもいいが、警察の捜査でもない限り協力は得られないだろうし。

「さすがにこれは元刑事のコネを使っても無理ですね」

文さんが、少し下を向き、唇を噛《か》むようにしている。

それから、急に顔を上げて、くるりと右手の人差し指を回して、何かを考えている。

「磯貝さん」

「はい」

「そこはもう考えないでおきましょうね。時間の無駄ですから。それでね、ひょっとしたら、有能な刑事だった磯貝さんももう気づいていることかもしれないけれどもね」

「何でしょう」

「紗理奈さんは引っ越しをして行方不明に、失踪してしまっているのよね」

「そうですね」

うん、と、頷く。

「引っ越し、ってキーワードみたいになっているんじゃないかしらって思ったんだけどもどうかしら」

「そう、思いましたか」

文さんが、頷く。

「え、キーワードって、なに」

光くんが言う。

「もうひとつの引っ越しが、紗理奈さんの周辺であったのよ。失踪する前に」

「もうひとつの引っ越し？」

「知事公邸ですね」

「そう」

実は、前から少し思っていた。

引っ越しが続いたんだな、と。

「知事や、秘書の仲野さんが、言ってましたね」

紗理奈さんが、この新しい知事公邸に足を踏み入れることもなく行ってしまったと。楽しみにしていたのに、と。

「そうか、紗理奈さんは知事の引っ越しを手伝っていたんでしたね」

「そうです」

旧知事公邸の知事の荷物の片づけ、引っ越し荷物を作る作業を紗理奈さんは秘書として手伝っていた。

そこと、自分の部屋との両方をきちんと片づけて、彼女は消えてしまったんだ。

「もしもよ、これはもう本当にただの思いつきでしかないんだけれど、紗理奈さんが旧知事公邸で坂東知事の荷物を片づけていて、知事の、とあるスーツケースを見つけたとしたら、どうかしら」

「知事の、とあるスーツケース？」

首を傾げる光くんに文さんが言う。

「いなくなった母親である瑛子さんが使っていたスーツケースと、まったく同じものを、知事が持っていたとしたら?」

「あっ」

光くんが、声を上げた。

「それですよね」

思っていた。

ひょっとしたら、と。

「え、ということは」

光くんがiPadを持ち上げた。

「ここに写っているスーツケースが、瑛子さんのとまったく同じもので、しかもそれは知事の持ち物だったらどうだっていう仮定の話になるんですか?」

「そういう可能性を、思いつきはしました」

突拍子もないことなんだが。

三十年前に、坂東知事と瑛子さんは、偶然同じ飛行機でパリから帰ってきていたとしたら。

光くんが、眼を丸くする。

「同じスーツケースを持っていたのが、知事と瑛子さん。そのときは、まだ坂東さんは、知事じゃないですよね」

「違いますね。確認しなけりゃなりませんが、当時でいう通商《つうしょう》産業省の役人だったかもしれません。たぶん、そうだと思いますが」

だが、仕事で海外に行っていることは充分に考えられる。

「じゃあ、運び屋の疑惑は、知事に向けられていてもおかしくはなかったっていう可能性も出てきますよね」

「出てきますね」

簡単に結びつけられる。

「本当に、ただの想像のお話でしかないんですが、薬物は瑛子さんのスーツケースに隠されていた、と、賢一さんを訪ねた刑事は言っていました。どういうわけかチェックや探査を潜《くぐ》り抜けてここまで来ていたんでしょうね。それも今となっては調べようもないですけれど、当時は今よりも多少チェック体制は甘かったはずです」

印象でしかないが。確実に水際で止められるようになってきたのは、ここ十年、遡っても二十年ぐらいだという印象はある。

「あくまでも仮定ですけれど、運び屋をやらされていたのは一回きりで、受け取る側が運び人個人ではなく、目印にしていたのがちょっと珍しいスーツケースだとしたら？〈このスーツケースを持った女だ〉という情報しかなかったとしたら？　そして、偶然にも同じスーツケースが二つあったとしたら」

光くんの眼が少し大きくなる。

「瑛子さんのスーツケースには薬物は入っていなくて、実は坂東知事の方に入っていた、そして瑛子さんは知事と間違えられて、連れ去られた？　ですか？」

「ただのお話です」

何の確証もない。

「そういう話も、可能性としては、ある、と考えました。文さんもそう思ったんですね？」

頷く。

「二つあったのかも、ってなったときに思ったわ」

ただ、話を作ろうと思えば、そういうふうに作れるというだけだ。

三人で黙って考え込んでしまった。

「坂東知事と瑛子さんはそんなに年齢は変わらないのよね」

文さんが言う。

「ほぼ同い年じゃないでしょうかね」

坂東知事は現在六十一歳だ。

瑛子さんの生年月日は迂闊《うかつ》にも確認していなかったが、二十九歳のときに失踪してしまったはずだから、もしも生きていたとしたら五十八歳になるはずだ。

「知り合いだったということじゃないですよね」

「そこももちろんわかりませんが、知事は北海道出身ではないはずですから、知り合いだったという可能性は低いでしょうね」

勤務していたのも、知事は東京で、瑛子さんは札幌だ。

「背恰好も似ていたんでしょうかね」

光くんが瑛子さんの写真を見ながら、自分の iPhone で坂東知事をググる。

「少なくとも、顔は全然似ていないわね」

「写真で見る限り、身長は同じぐらいかな？」

「二人とも、この年代の日本人女性の標準的な感じですからね。高くもなく低くもなく、痩せてもいないし太ってもいない。背恰好が似てると言えば、まぁ同じようなものかもしれません」

髪形と服装が似ていたのなら、後ろから見て間違えられる可能性は充分にあるとは思うが。

「知事が、知事になる前に薬物の運び屋をやっていたなんて、とんでもないスキャンダルになっちゃいますね」

「なりますね」

「そのとき一回限りだったのか、それとも知事も何も知らないでただ利用されただけっていうのもありますよねきっと」

「ありますね。でも、ただの想像です。お話を作ったものです。何とも言えませんが、そう仮定すると、紗理奈さんの失踪について、見えてくるものがありますよね」

言うと、文さんが頷く。

「まずね、紗理奈さんは真奈ちゃんと違って、自分の母親が空港から突然失踪してしまったことを知っていたの。そして、薬物の運び屋という疑いを掛けられたことも知っていたんでしょうねきっと」

「おそらくは」

父親から聞いていたに違いない。

文さんが続ける。

「たぶん、このスーツケースのことも知っていたのよ。母親が持っていたちょっと変わったオシャレなスーツケース。女の子だもの。お母さんの持ち物には興味があったはずよ。そして、もちろん知ってはいたけれども、長い年月の間にそんなことは記憶の奥底に沈んでいたのに違いないわ」

「そうなりますね」

「紗理奈さんは、大学を卒業して商社に就職して、忙しく海外を飛びまわる生活をしていた。自分のスーツケースひとつ抱えてね。その日々の中に、死んでしまったであろう母も生きていた頃はこうやって海外、パリにも来ていたんだわ、なんて思うことも絶対にあったはずよ」

それは、容易に想像できる。

「その日々の中で、紗理奈さんはパリで役人と出会った。同じ女性で、バリバリ働く政府のお役人」

「知事になる坂東さんにだね？」

「そう。親しくなり、政治の世界にこないかと誘われていた。数年が経ち、その人が自分の故郷である北海道で知事になった。私と一緒に働いてちょうだいと何度も誘われ、その気になって、政治の世界に飛び込んできた。きっと紗理奈さんは知事のことをとてもよく思っていたんでしょうね。年齢的にもまるで母親のような感じにも」

光くんと、頷く。

それも、素直に想像できる。

「そして、その日が来たのよ。知事公邸が新しくなり、そこへ引っ越すために知事の荷物を片づける手伝いをしていた。すると、たぶん知事はいないときだったんでしょうね。古ぼけたスーツケースを見つけたの」

「それが、あのスーツケース」

光くんが言い、文さんが頷く。

「記憶の底で何かが弾《はじ》けたでしょうね紗理奈さん。これは、母が持っていたスーツケースと同じものだわ、って」

そのシーンが眼に浮かぶようだ。

「ただ、それが単純にどこにでもあるようなスーツケースで、単なる同型のものであったのなら、何も思わなかっただろうし、思い出しもしなかったかもしれませんね紗理奈さんも」

「そうなの。珍しいあまり見ないデザインのものだったから、記憶が甦《よみがえ》ってきた。きっと紗理奈さんは人生のどこかで、瑛子さんが持っていたスーツケースがあまり出回っていないものだってことを知っていたんじゃないかしら」

そうかもしれない。

その可能性の方が高い。

「紗理奈さん、思ったでしょうね」

「『ものすごい偶然』って？」

光くんが言う。

「そう、最初はそう思う。びっくりする。こんな偶然もあるんだわって。でも、次にまた思うはずよ。『どうして知事はこんな古いものを取っておいたんだろう？』ってね。だって、知事と一緒に何年も仕事していて、スーツケースを抱えてどこかに行ったことも何度もあるはずよ」

「そのとき知事は、別のスーツケースを使っていた。たぶん最新型のものを。そのスーツケースを使ったことは一度もなかった。本当に、押し入れか納戸か物置かわかりませんが、奥底に長い間しまわれていたんでしょう」

「三十数年も前のスーツケースなんて処分していてもいいはず。なのに、取ってあった。何故だろう？　いいものだから？　気に入ってるものだから？　でも気に入ってるのなら使っていいはずなのに、しかも今でも充分に使えるのに使っていなかった。まるで隠すようにしまわれていた」

「疑問符がたくさん浮かんだんだね」

文さんが、大きく頷く。

「そうよ。そして紗理奈さんは、ある想像をしてしまった。母と知事はほぼ同年代でまったく同じ頃に海外に行くような仕事をしていた。間違いなくそうなんじゃないかって。そして、調べたんじゃないかしら」

「何を？」

「知事の、知事になる前からの、渡航記録の全てを」

「そうか」

そうなる。

紗理奈さんは、それを調べられる立場にいた。

「誰にも怪しまれずに」

「たぶんね。誰かに見つかったり訊かれたりしたら、それこそあれよ、知事の回顧録とか自伝とかそういう類いのものを作るために下調べしているとか言えば、誰もが納得するわよ」

「ひょっとしたら、知事ともそういう話をした上で調べたかもしれませんね」

不審がられないように。

「それ、磯貝さん確認できるわよね知事に」

「できますね」

訊いてみることはできる。

そのときの反応で、何かはわかる。

「いやでも」

光くんが気づいたように少し頭を振った。

「紗理奈さんがそういう行動に出たとするよね。そして、とんでもない調査能力を発揮して、坂東知事が知事になる前の渡航記録まで全部調べたとするよね。そこで、お母さんの瑛子さんと同じ飛行機に乗って帰ってきたってわかったとしたら？」

「紗理奈さんは、どうしただろうか」

「知事に訊いてみる？　実はこういうことがありましたって」

「運び屋だったのかって？」

光くんが、顔を顰める。

「紗理奈さんは、頭のいい女性。いきなりそんなことを訊くはずもないよね」

「ないでしょうね」

「もしもそうなったとしたら、紗理奈さんが次に調べ始めるのは、果たして薬物の運び屋疑惑は本当だったのだろうかってこと？」

そうなってくるのだと思う。

紗理奈さんは、そういう女性だろう。ただの偶然かもしれない。けれども、果たしてこんなにも偶然が重なるものかと。何よりも、自分の母親のことなのだ。本当にこのスーツケースが、母の失踪に関係するものなんだとしたなら、知事にこの事実を確認するためにも全てを調べなきゃならないと。

「私でも、そうするわ」

文さんが言う。

「でも、いくら紗理奈さんが、坂東知事が言ったみたいに外務大臣だってこなせるぐらいに有能な人だったとしても」

「薬物が関わるような事件のことを調べるのは、ましてや三十年も前の事実を調べ上げるのは無理でしょうね。僕も、今頼まれても、いや現役の刑事の頃に頼まれても、かなり難しいと言わざるを得ません」

それでも、やろうとしたのなら。

「直接知事に、訊く？」

「最終的には、それしか方法がないかもしれません」

光くんが、唇を歪めた。

「もしも、直接知事に訊いて、その上で、紗理奈さんが失踪してしまったんだとしたら？」

光くんの考えていることは、わかる。

「紗理奈さんの失踪に、知事が大きく絡んでいる可能性が、大になったということですね」

「絡んでいるどころか、知事が紗理奈さんを殺してしまったんではないかって、思ってしまうわね」

それも、考えてしまう。

「考えたくないなー」

「もちろん、疑いたくはありませんけどね。そしてあくまでも、あのスーツケースが二つあって、その持ち主が坂東知事だったら、という仮定での想像のお話に過ぎません」

「でも、素直に繋がるわ」

文さんが、大きくまばたきをする。

「今までバランスが悪かったり何もわからなかったのに、この仮定で全部が素直に繋がっていくの。三十年前の瑛子さんの失踪までもが、よ。小説に書こうとしたってここまで素直に繋がらないわよ」

それは、確かに。

「都合が良すぎるのも事実だけれども、紗理奈さんの失踪に、何年もずっと一緒に仕事をしてきたパートナーのような相棒のような坂東知事がまったく無関係だって考える方がずっと不自然よね」

「僕もそう思う。きっと仕事上で何かがあったんだろうなって誰でもそう考えるよね。知事が殺しちゃったっていうのも確かに大げさすぎるって思うけど」

大げさでは、ある。ただ、殺人事件を何度も扱ってきた経験から考えると、あり得ないことではない。

「人間、そういうときにはあっさりやってしまうものなんですよね。魔に魅入られると言いますか、そんなふうに」

そうよね、と、文さんも頷く。

「まぁあくまでも、知事が薬物の運び屋をやっていて、それが紗理奈さんにバレてしまって、しかも紗理奈さんの実の母親がそれに巻き込まれていた、なんてことが発覚したのなら、という条件が揃ってのことですけれども」

「その場合も、知事は最後まで瑛子さんのことは知らなかった、という仮定ですよね？　まさか最初から、紗理奈さんが瑛子さんの娘だと知って近づいた、なんてことはないですよね？」

「それはさすがにないでしょう」

「ないと思うわ私も」

小説なら、その要素を付け加えた方がはるかにおもしろくなるかもしれないが。

「二人が出会ったのは、まったくの偶然でしょう。亡くなってしまっている瑛子さんが引き合わせたなんて日本的なオカルトも、なしです。まさしく横溝正史の世界になってしまう」

「ですよね」

どうするか。

「このお話を、リアルなものかどうか確かめるためにどうしたらいいかしらね。あまりにも事が大きくなる上に、想像ばっかりで固めていく土台をどうしたらいいかもわからないけれども」

土台か。

果たして土台になり得るものがあるかどうか。

「ひとつ、可能性として」

「何かあるかしら？」

「文さんが話した引っ越しのところです。確かに紗理奈さんは知事公邸の引っ越しの準備を手伝ったのでしょう。それは間違いないです。けれども、一人で知事公邸に立ち入って一人でやっていたとは、思えないんですよね」

ポン、と、文さんが手を叩く。

「秘書の、仲野さん」

「そうです」

彼女も、一緒に手伝っていた可能性も、大いにある。

「もしもスーツケースを見つけていたのなら、仲野さんもそれを一緒に見たかもしれません」

# 12

知事の秘書の仲野さん。

「仲野さんは特別秘書ではなく、知事室秘書課の人間。つまり、九時から五時までの公務員なのでそこから逸脱する仕事はしない秘書」

そう言ってはいたけれども、知事と夜に会ったときには一緒にいて話をしてくれていた。

「サービス残業してくれていたのよね」

「たぶんそうでしょう。探偵と話すことが、手当付きの残業だったとは思えませんからね」

そんな雰囲気ではあった。

「でも、就業時間内であれば引っ越しの片づけだってするわよね。知事公邸の引っ越しなのだから、充分に業務の範囲内でしょう」

たぶん、間違いなく。

「この間話していたときにも引っ越しの話題が出ました。自分も手伝った、とは言っていませんでしたが、一緒にやっていたような雰囲気はありました」

もちろん、最終的には業者が入って運搬したのだろうが、細かいものの処分や整理をしたり段ボールに詰めたりといった作業は、知事はもちろん秘書の皆さんが手伝っていたんだろう。

「じゃあ、もしもそのときに紗理奈さんがスーツケースを見つけたとしたら、一緒に確認していた可能性はありますよね」

　可能性としては充分に。

「このスーツケースが確かに引っ越しの片づけをしていたときに、旧知事公邸にあったという証言を仲野さんから取れるだけで、さっきの空想の話、知事と瑛子さんが同じ飛行機でパリから帰ってきていたというのが、〇パーセントから十パーセントぐらいまで現実味を帯びてきます」

「十パーセントですか。まだ少ないですね」

　光くんが顔を顰めるが。

「少ないですが、まったくの〇パーセントからレギュラーパーセント、つまり無から有にまでなったんです。もしこれが生き死にの手術の成功率の話だったら、一気に患者の生還に希望が持てる話になりますからね」

「そうよね。勝率にしたら十回勝負したのなら、そのうち一回は勝てるって話よ。充分に賭けの対象にはなるわ」

　賭けにはしませんけれども。

「仲野さんの連絡先は聞いたんですよね」

「名刺を貰っています。個人の携帯の番号も書いてあります。ただ」

　貰った名刺を出してテーブルに置きながら、少し考えた。

「どういうふうに言って、連絡すべきか」

文さんも、頷いた。

「連絡するのは簡単だけれども、もしも仲野さんが知事の側の人間だったのなら、困るわね」

そうなる。

「それは、坂東知事が最悪のことをしてしまっていたと仮定したときに、仲野さんも知事の仲間だったらってこと？」

「仲間という言葉は適当じゃないかもしれませんが、共犯者もしくは協力者だったという可能性を考えなきゃなりませんね」

共犯者というのはかなり考え難《にく》いとは思うが。

「知事は、秘書は二人いると言いました。確か、小島さんです。二人しかいないのに新知事公邸には仲野さんしか来ていませんでした」

小島さんは何かの話題にすら上らなかった。単純に名前だけ。

「その二人のうち、仲野さんがチーフみたいな秘書で小島さんが平社員のような感じなのかしらね」

「そうも考えられますが、特別秘書が紗理奈さん、そして秘書課に二人の秘書。その陣容で小島さんだけが紗理奈さんとはまったく関係がなかった、とは思えないですよね。僕なら、一人呼ぶのだったらついでに二人とも呼んで紗理奈さんについて話をさせます」

秘書は三人しかいないのだから、普段はほとんど一緒に仕事をしていたはずだ。小島さんにだって、一緒にランチを食べたり同じ仕事をしたりという、紗理奈さんとの思い出のひとつや二つはあるだろう。

その中で、何か気になることはなかっただろうか、と、探偵に話をさせるぐらいは何でもない、はず。

「むしろ、二人いると聞かされたときに、どうして小島さんは来なかったんだろうとは思いましたよ」

「仲野さんだけが来ていたってことは、小島さんには関わらせたくない、あるいはこの場にいてほしくはない事情が、坂東知事と仲野さんにあったってことも、つまり紗理奈さん失踪について協力関係にあったというのも、充分に考えられるわね。だから、仲野さんだけを磯貝さんとの話に立ち会わせた」

雰囲気としてはそっちの方向性が合っているんじゃないかという気がしてきた。

「じゃあ」

光くんが手を挙げる。

「磯貝さんが直接訊くのが拙かったら、最初に僕がやってみる？　偶然を装ってその秘書の仲野さんに接触してみるとか。年齢はどれぐらいの人だったの？」

「三十いってないか過ぎたかな、ぐらいですか」

まだ三十半ばには届いていないとは思ったが、二十代後半以上なのは確かだと思う。

「光くんにナンパさせるには、少しばかり無理があるかもしれませんね」

「ナンパできたとしてもそこからスーツケースの話まで辿り着かせるのは大変だし、二人がエッチな関係になっちゃったら、ひかるちゃんに私か磯貝さんかどちらか殺されちゃうわよ」

エッチって久しぶりに聞いた気がするが。ひかるちゃんを怒らせない方がいいのは確かだ。

そうか、って光くんが言って続けた。

「じゃあ、もう直接、新知事公邸に乗り込んじゃうとか。そこでスーツケースを探しちゃうのはどうかな」

「知事公邸に？」

「さすがに忍び込むのは無理ですね」

確かに知事公邸を含む知事公館敷地内には自由に散策ができるスペースもあるし、知事公館、及び旧知事公邸の見学なども予約制でできるはずだが。

「敷地内はぐるりと塀があって、しかも知事公邸の周りには門とゲートが別にありますからね」

警察の張り番などはないが、すぐ近くに交番がある。どんなにバカでも忍び込もうなどとは考えない。

「いや、忍び込むんじゃなくて、見学ならオッケーですよね？　大学の建築学部からの要望があれば、旧知事公邸と新知事公邸の比較研究云々とか、ゼミの一環とか適当に理由を付けて」

建築学部。

宮島か。

そうか。

「その手がありますね」

S大なら役所との関係は深い。

「イケそうな気がしますね。訊いてみましょう」

iPhoneで呼び出し、スピーカーにする。一回呼んだだけで出た。

（どうした）

「今、大丈夫か。こちらはスピーカーだ」

（いいよ。部屋にいるし他に誰もいない。紗理奈さんの友人関係はまだ他には見つかってないよ）

「別件じゃないが、違う方向性からの質問。お前、旧知事公邸と新知事公邸に入ったことはあるか」

（旧知事公邸ならもちろんあるよ。写真もたくさん撮ってある。新知事公邸の方はまだ見学していないんだ。なかなか素晴らしい出来の建物らしいから、そのうちにお願いしようとは思ってるんだけど）

好都合だ。

「今すぐしてくれ」

（何を）

「大仰な理由をつけて、新知事公邸の隅から隅まで見学及び撮影できるように手配してくれ。光くんとひかるちゃんを建築学部の学生として連れて行ってもいいように。あ、もう一人、文さんも大学の助手とかなんとか適当にして」

（大事《おおごと》じゃないか。紗理奈さん関係なんだよな？）

「そうだ。後で詳しく話すが、新知事公邸でスーツケースを一個捜索したい。その時間も取れるようなスケジュールで」

（もう知事が住んでるのに家捜しするっていうのか）

「そうなる」

（それはヤバい事案だな。ってことは、向こうに立ち会いの人とかいないようにするのがベストってことになるな）

「それはとんでもなくベストな条件だが、もう住んでいるのに誰も立ち会わないのは無理だろう」

うーん、と唸って間が空く。

（多少強引になっちゃうけど。あそこの敷地全ての調査撮影ということで、外側と家の中の二班態勢で乗り込めばやってやれないこともないんじゃないかな。平日の昼間ならもちろん知事はいないんだし、向こうも暇じゃないから、わざわざ二人も三人も立ち会いを付けるわけじゃない）

「経験あるか」

（前に旧知事公邸に行って撮影したときにはね。こっちは五、六人で行ったけど立ち会いに来ていたのは一人だった。当然、立ち会いのいない部屋で撮影なんかバンバンしていたし、向こうは何も言わない。そういう形に持ち込めば何とかなるんじゃないかな）

「ぜひ頼む。海外旅行もできる大きなスーツケースなんだ。置いておける場所は限られるから、捜索にはそれほど時間はかからないはずだ」

（そうか。じゃあ、こっそりと内外で連絡できるように、イヤホンマイクとかのスパイグッズは必要になるかな）

「なりそうだ」

（それも持っていくか）

「新知事公邸の詳細な図面も、それこそどこに収納棚や物置とかがあるのかがわかるようなものも事前にあるといいな」

（それはもう持ってる）

「メールで送ってくれ」

（いいよ。それで、乗り込むのは急ぐんだろ？　普通はどんなに急でも一ヶ月前には申請してやるも

のだが）

「なる早で。どれぐらいなら可能だと思う」

（まぁ最大に何もかもが上手くいって一週間後かな。そんな突然の申し込みの理由を考えなきゃならないけど、とにかくやってみるよ。こっちでメンツを増やしてもいいんだろ？）

「口の堅い信用できる人物なら」

（家の中はそっちに任せて、こっちの人員は外回りで使えば問題ないだろう。人数が多い方がいろいろカモフラージュできる。お前は顔バレしているから参加できないって話か？）

「知事と、それから秘書課の仲野さんという女性が来ないのなら参加できると思う。何だったら多少の変装をしていってもいいか。後からバレても、お前と友人関係ってことで誤魔化せるかもしれない」

「あ、宮島先生」

文さんが少し声を張って言う。

（あぁ文さん。お久しぶりです）

「どうも。その外回りの撮影に集める人たちですけれど、土に詳しい人って揃えられるかしら」

（土に詳しい、とは？）

「たとえば、穴を掘ってそれをきれいに埋め直した跡なんかを、見た目で判断、もしくは推測とか推定とかできるような人」

そっちか。

確かにそうだ。

（それは、ひょっとしてこの間みたいに誰かが土の中に埋まっているかもしれないっていう物騒な話で？）

「物騒な話になるかも。だから、それを判断できるような人」

（それなら、外回りを僕と文さんでやればいいんじゃないですかね。文さん、もしもまた誰かが埋まっているんなら、何となくわかるんでしょう？　知事公館から知事公邸の敷地はやたら広くて緑深くて環境もいいから、自然の香りに溢《あふ》れているし）

「そうね。宮島先生も一緒ならそれでいいかも」

（了解です。念のために土木工学とかそっちの土や工事に馴染みのある人間も手配してみましょう）

「お願いね」

（了解です。磯貝、後は何かあるか？）

「それだけだ。あ、ひょっとしたら本当にただの撮影研究会になってしまう可能性も充分にある」

（なるほど。まぁそれならそれでいつかはやるもんだからいいか。連絡する）

「頼む」

電話を切る。

「いつも思うけど、フットワーク軽いですよね宮島先生」

「それがあいつのたったひとつの長所ですよ」

昔からそうだった。フットワークも腰も軽い。もっと若い頃は口も軽すぎて主に女子には嫌われていたが。

「でも、紗理奈さんが知事公邸の敷地内に埋められている可能性までは考えていなかったけど」

光くんが言う。

「あるわよね？」

「ありますね」

あくまでも、紗理奈さんを殺害してしまって、その現場が旧知事公邸と限るなら、の話で。

「知事が後先考えずに紗理奈さんをどっちかの知事公邸で、まぁ旧の方でしょうけれど殺してしまったとするならば、そこから遺体をどこか別の場所へ運ぶのは危険すぎると誰もが思うでしょう。あれだけ広い敷地内でほとんどが土や林になっているような場所ですから、埋める場所はいくらでもあるし、夜中は誰一人入ってこない。一晩中、夜明けが来てもまだ作業はできますよ」

都市伝説みたいなものだが、あそこの敷地内には北海道開拓時代のいろんなあやしいものが、それこそ打ち捨てられた開拓民たちの死体だっていまだに眠っているかもしれない、なんていう話だってある。北海道開拓の闇は深くて暗い。

「でも、女性一人で作業するのはキツイでしょう。自分より大きい女性を運んで、大きな穴を掘って埋めるって」

キツイのは確かだが。

「人間、火事場の馬鹿力というのはありますからね。どうやって運んだんだ、という事例はいろいろ経験していています。あり得ないことじゃないです」

文さんが、ポン、と手を叩く。

「それこそ、運ぶときにまずスーツケースの中に入れちゃうとか。キャスターがついているから、ただ運ぶよりも楽でしょう。死んだ直後なら折り畳めば入るでしょあのスーツケース大きいから」

入らないことも、ないか。

「じゃあ、家の中を捜索してもあのスーツケースがないってこともあるんじゃ」

「一緒に土の中、ならね。私ならまさか空にしてからまた持って帰ってくるなんてことはしないけれど」

そのパターンも、ある、か。

考える。

何もかも想像でしかない。

今のところ手掛かりも確証も一ミリもない。

そして裏付けるための取っ掛かりは、あのスーツケースしかない。

そのスーツケースを探してみるために宮島に頼んではみたが、もしも新知事公邸になかったとしても、最初からそんなものなかったのか、あるいは死体と一緒に埋められたからないのか、その場で判断ができない。

敷地内のどこかに何かを埋めた跡を発見したとしても、掘ってみるのはその場では不可能だ。何か別の手段を改めて考えなければならないし、あの場所を掘る許可などそうそう簡単に出るはずもない。

それこそ、殺人事件の捜査で、確実な証拠でも見つからない限りは。

「やはり、事前に仲野さんにだけは確認してみますか」

それがいちばん確実なような気がする。

文さんが、頷く。

「私も一緒にいて、そのときの反応を見れば、決めつけた言い方するなら、仲野さんが敵か味方かわかるわよね」

「わかるでしょう」

少なくとも嘘をついているか、いないかだけは。

「三、いや四パターンあるよね」

光くんが指を四本立てる。

「スーツケースがあると言う場合と、スーツケースなんか見たことがないと言う場合と、スーツケースが既に一緒に埋められている場合。それに仲野さんはまったく何も知らない場合。その四パターンの嘘と事実を文さん見破れると思う？　それに加えて、仲野さんが知事が起こした紗理奈さん失踪に関係している場合と、知事が起こしたかもしれないけど仲野さんはまったく無関係な場合もあるんだから、結構な数のパターンになっちゃうよ」

文さんが、少し首を傾げる。

「質問の仕方をしっかり考えなきゃならないわね。それだけのパターンを上手く読み取れる質問と、訊き方。それで何となく区別はつけられると思うわ」

「そして、スーツケースが今もあってさらに仲野さんが敵だったとしたら、スーツケースの話題が出たらその後に帰ってすぐにでも始末してしまうかもしれないよね。スーツケースごと埋まってなければ、の場合」

「もしもそういうとんでもない嘘をついていたとすぐにわかったのなら、その場で仲野さんをちょっと強引に保護してしまう、という手もありますね」

証拠隠滅を防ぐために。

「そうしたら、秘書の失踪が二人目になっちゃうわね」

「あくまでも、はっきりとわかったのなら、の場合ですが」

失踪なんて事態にならないような手段も考えておかなきゃならないが。

「文さんとも会ってもらう以上は、ここに来てもらうのがいちばんなのですが」

「もしくは、うち?」

〈銀の鰊亭〉か。

その手もあるか。

「うちにしても、ここにしても、来てもらうための何か特別な理由が必要になっちゃうよね。実際この間磯貝さんは既に話をしてるんだから、また話を聞きたいって呼び出すのは不自然だし、今度は何でしょうって不審がられることになるよね。しかも、どうしてわざわざそちらに出向かなければならないんですかって」

「確かに」

話を聞かなきゃならない、こっちに来なければならない特別な理由か。

何か、ないか。

「そうか」

忘れていた。

「西條真奈さんだ」

「真奈さん?」

「真奈ちゃんが、どうかした?」

「この間、電話で報告をしたときに、四日間ぐらいドラマのロケで札幌に泊まると言っていました。そのときに何かあれば連絡していいでしょうか、とも」

十日後、と言っていた。

あれは二日前だから、来るのは八日後。

「もしもそのロケでこっちに入る日の前に、スケジュールが空いていれば一日でも二日でも事前に来てもらって、〈銀の鰊亭〉に泊まってもらうというのはどうでしょうか」

文さんが眼を丸くして大きく頷く。

「最上紗理奈の妹である西條真奈が今ロケでこっちに来ているのです、って仲野さんに言うのね⁉」

「そうです」

「それで、失踪した姉と親しかった方にいろいろ姉の話を聞きたいと言っているのですけれど、仲野さん来ていただけませんかって！」

「それは断れないよね！」

真奈さんは、人気女優だ。

仲野さんも妹が真奈さんだとは知らないで驚いたと話していたが、そのときの口調や反応はかなり好意的なものだった。

「仕事中はもちろん無理でしょうから、彼女が退庁したところを見計らって直接携帯に電話しましょう。今、お時間ありませんか、と」

「車に真奈ちゃんを乗せて、そのまま迎えに行ってもいいわね。それならまっすぐうちまで連れて来られるし」

そうやって話をさせるついでに、スーツケースのことを訊く。

「そのときの反応で、わかるでしょう。何も知らなかったのならそのまま真奈さんと紗理奈さんの話をして、ありがとうございましたと帰ってもらえばいいだけのことです」

「知っていたのなら、そして本当に知事が紗理奈さんの失踪に絡んでいてそれを仲野さんもわかっていたことまで判明しちゃったのなら、そのままうちに泊まってもらう？　強引に」

そうなってしまったのなら。

「仕方ありませんね」

その辺は、やってみて臨機応変に対応するしかない。

「知事を呼ばないのは？　不審がられないかな」

「真奈さんの方に時間がないことにすればいいでしょう。いきなり知事にちょっと来てくれというのは無理でしょうし、上司よりも同僚の方が話しやすいだろうと考えるのは自然です」

「それはそうね」

まぁこの間話を聞いた限りではどう考えても知事の方が紗理奈さんと親しいのだが、それは何とか誤魔化せるだろう。

「真奈さんに確認してからの話ですが。来られるかどうか」

待って、と文さんが右手の平を広げる。

「真奈ちゃんに来てもらうのにどこまで説明するの？　紗理奈さんがどうなったのかがわかったときに、お母さんのことも話すのはしょうがないかもしれないけれど、今の時点では言えないでしょう。スーツケースがどうしたこうしたも説明できない」

「それは、もちろん」

父親でさえ言わずに隠していたことを、こちらがおいそれと話すわけにはいかない。

「どうして早めにこっちに来てもらって、同僚だった秘書の人と会わなきゃならないか、その理由を考えなきゃ」

光くんが頷きながら眉間に皺を寄せる。

何かないかしら、と文さんもおでこに手を当てた。

「騙す、のはマズイよね」

光くんが言う。

「騙すとは？」

「真奈さんに早めに来て、なんてしないでさ。真奈さんがロケでこっちに来ている最中に、西條真奈さんがそう言ってるんですって仲野さんに嘘をついて、連れてくるっていうのはダメだよね」

「真奈ちゃんには何も言わないでってことね？」

「そう。まぁ真奈さんがこっちに来てるのは嘘じゃないんだから、連れてきて、すみません彼女の撮影スケジュールが狂ってしまって、真奈さん顔を出せなくなりましたって誤魔化すの」

それは駄目かな。

「仲野さんは紗理奈さんの緊急連絡先ということで、真奈さんの携帯番号がわかっています」

「あ、そうだった。確認されたら終わりか」

「ここは素直に真奈さんに話しましょう。瑛子さんのことやスーツケースのことも伏せて、紗理奈さん捜索の一環で必要なことだと考えられるので〈姉の話を聞きたい妹〉という演技をしてください、と。ただの徒労に終わるかもしれませんがと正直に言って」

そうね、と文さんも頷く。

「演技するのが商売だもの。きっとやってくれる」

ひょっとしたら、ちょうど真奈さんが来る頃に東雲ちゃんの検索結果も上がるかもしれない。そこで、また何かがわかればちょうどいいタイミングに違いない。

＊

ジブリのアニメで描かれているような入道雲が青空に大きくその姿を広げるような天気が続いている。もう五日間もこの調子で、とんでもなく暑い。気温も三十度を超えている。救いは、北海道らしくカラッとしていること。陽が沈めば一気に涼しくなって、夜は過ごしやすいこと。

車のクーラーを止めても平気だ。

「本当にすみません。突然で」

ハンドルを握りながら、言う。

「いいえ。大丈夫です。家に帰るだけでしたから」

後ろの席で仲野さんが微笑む。

「それに、本当に西條真奈さんに会えるのは嬉しいですし、〈銀の鰊亭〉に行けるのも楽しみです」

「そう言っていただくと助かります」

西條真奈さんが明日からの道内ロケでこっちに来ている。今だけフリーなので、もしも時間が許すのなら、紗理奈さんとの話を聞かせてもらえないかと言っているのですがお願いできませんか。

退庁してきた仲野さんにそう電話すると、本当に快くオッケーをしてくれた。真奈さんも一緒に車で来ることも考えたが、それではわざわざ小樽まで行く理由がつけられないので止めた。まだオープンにしていないドラマのロケのため、真奈さんも人目を避けてまっすぐ〈銀の鰊亭〉に入りそこで待っていることにした。

「もちろん夜の食事も、なんでしたら向こうでは何もかも用意できているので、お風呂に入って帰ることもできるそうですから」

「嬉しいです」

笑顔。そこに何の疑念も、潜む企みも、影もない。ただただ人気女優に会えるのを楽しみにしているようにしか見えない。


この前、真奈さんと会ったときと同じく〈銀の鰊亭〉の別邸。〈星林屋〉のリビングルーム。

真奈さんと、そして文さんもここの女将《おかみ》であり実は真奈さんの同級生でもあるんだと紹介する。これで文さんが同席するのは何の問題もない。光くんもサーブをする従業員として部屋にいる。

食事をしながら、お話しましょうとなっている。

テーブルにつき、光くんがサービスを始める。

「仲野さん」

ここで、訊いてみることにした。

話が弾む前、食事も始める前、ちょっとした空白の、心持ちとしてはまるで隙間のような時間。

もちろん、事前に真奈さんには言ってある。

「はい」

「まったく関係のないことかもしれませんが、話をする前にちょっと見ていただきたいものがあるんですよ」

「何ですか」

ゆっくりと、iPadを持ち上げる。画面にはあのスーツケースを出してある。文さんが、しっかりと仲野さんの方を見ているのを確認する。

iPadのディスプレイを、仲野さんの方に向ける。

「このスーツケース、ご存じでしょうか?」

いちばんシンプルな問いかけ。それに限ると結論づけた。

仲野さんの表情にほとんど何も変化はなかった。ただ、見ただけ。そのまま。

無駄だったか。

「はい」

ゆっくり、頷きながらこっちを見る。

「知っています」

「知っているというのは?」

勢い込んで訊きそうになるのを、こらえた。文さんは仲野さんのどんな微かな変化も見逃さないようにしているはず。

「知事が、持っているスーツケースです」

「坂東知事が、このスーツケースを持っているんですね？　知事公邸にあるんですね？」

仲野さんが、軽く首を横に振った。

「正確に言えば、持っていた、です」

持っていた。

「今は知事公邸にない、ということですか」

どこにあるのか、と訊きそうになったけど留《とど》めた。

「ありません。私のところにあります」

「え？」

のけ反りそうになった。文さんも、光くんも。

まだスーツケースがなんたるかを教えていない真奈さんは、何のことかわからず、皆の様子にただ少し眼を大きくさせただけ。

「最上さんに、頼まれたんです」

紗理奈さんに？

## 13

紗理奈さんに、頼まれた。

瑛子さんが持っていたのと同じこのスーツケースを、確かに知事が持っていた。それが確かめられただけで充分な驚きなのに、今はそのスーツケースが仲野さんのところにある？

しかも、紗理奈さんに頼まれて？

文さんをちらりと見ると、静かに小さく頷くのがわかった。仲野さんの言葉や態度に、嘘や誤魔化しをまったく感じないということだろう。文さんがそう感じるのなら間違いない。

仲野さんは、何か特別な思いや感情があるわけでなく、ごく普通に事実としてそう言っている。

〈このスーツケースは知事が持っていたものと同じで、それは今は紗理奈さんに頼まれて自分のところにある〉と。

つまり仲野さんは、このスーツケースにものすごく重要な意味があるとはまったく知らない。感じていない。

おそらくは、こっちが考えた通りに旧知事公邸を片づけているときにそこにスーツケースがあったのだろう。そして、たぶんでしかないが、知事がそれはもう処分していい、とでも紗理奈さんに言ったのではないか。もう古いし使っていないから新知事公邸には持っていかなくていいと。

それを、紗理奈さんは仲野さんに頼んで自宅に持ち帰ってもらっていた、ということか？

一秒でそこまで考えて、疑問は多々あるが、これ以上ここを突っ込むと真奈さんの前でこのスーツケースについての話を全部しなければならなくなる。

それは、時期尚早だと判断した。

「そうですか。ではこれについてはまた改めて後ほど伺います。ありがとうございます」

「食事を始めましょう」

文さんもいいタイミングで言ってくれた。

「姉が、知事の秘書になったときには、もう仲野さんも坂東知事の秘書として働いていたのですか？」

これまた完璧なタイミングと、打ち合わせもしていないのに素晴らしい切り出し方で、真奈さんが言ってくれた。

演技を、しているんだろう。

頼んでおいた通りに、妹が失踪した姉の話を同僚に話してもらう、という演技を始めたんだ。

しかも完全なアドリブで。

ぞくっと背筋に何かが走った。表情も、声音《こわね》も、佇まいも何もかもが、あるはずもない向こうにあるカメラを意識したもので完璧なふるまいだった。

俳優とはこういうものか、というのを目の当《ま》たりにした。一流の俳優は、カメラさえあると思えば誰でも超一流の詐欺師になれるのではないか。

「そうです。ほぼ同期と言ってもいいぐらいに、同じ時期に働き始めました。あ、秘書としては、です」

「姉は、秘書なんていう仕事はもちろん初めてだったはずなんですけど、いろいろご迷惑とか掛けたんじゃないでしょうか」

「全然、そんなことないですよ」

ここからは、食事をしながら仲野さんに紗理奈さんについての話を、ただ訊いていくだけの時間だ。失踪に関するような質問やその他のツッコミはしない。

真奈さんに任せて、こちらはただそのフォローをしていく。

真奈さんは、あ、真奈さんって呼んじゃいましたけど。

あ、どうぞどうぞ。真奈でいいです。

お姉さんが仕事をしている様子なんて、きっと見たことないでしょう？

ないんですよ。聞いてるかもしれないですけど、姉は大学の頃からずっと一人暮らしで、私とはもうずっと離れて暮らしていたので。

そうですよね。最上さん、あ、紗理奈さんの方がいいですね。彼女は本っ当に信じられないぐらい仕事ができる人なんですよ。

そうなんですか？

磯貝さんはこの間、一緒に聞いたので覚えていると思うんですけど、知事が外務大臣でもしてもらいたいぐらいいって話しましたよね。

あぁ言ってましたね。さすがに大げさかとも思いましたが。

大げさじゃないんですよ。一緒に働いていた小島も訊かれたらきっと同じことを言いますけど、こんなに有能な人は他にいないだろうって。ここだけの話ですけど、私さっさと坂東知事には辞めてもらって、紗理奈さんが知事になればいいのにってずっと思っていました。あ、別に坂東知事をディスってるわけじゃなく、その方がきっといい仕事ができるという意味で。

そんなに有能というか、仕事ができたんですか姉は？

とんでもないぐらいに。処理能力の基本値が常人を遥《はる》かに凌駕《りょうが》しているんですね。マルチタスクと言えばいいですか、どれだけの情報量を違うコマンドで同時に並列処理できるんだろうってぐらいにです。

紗理奈さんは学校の成績も優秀だったんじゃなかった？

そう、ものすごく成績は良かったはずです。でもだからといって、ガリ勉というか、勉強ばかりしていたってこともなかったんですけど。運動神経もそこそこ良かったはずですよ。

とにかくもう私と小島は秘書としての基本職務だけきちんとやっていればそれで済んだので、怒られちゃいますけど本当に楽ばっかりしていましたね。紗理奈さんと一緒に働いているときにはですけど。それに、有能なだけじゃなくて、一人の人間としてもとても出来た人。

出来た人、とは？

特別秘書、という立場自体が文字通り特別なのでそういう眼で見られがちですよね。特に紗理奈さんは知事とは友人から始まっていましたから。自分のそういう立場もわかっていて、周りにいる私たち普通の公務員に、本当に気を使っていました。

自分のそういう立場を鼻にかけるようなこともなく、ですか？

まったく、ですよ。自分の能力もひけらかすようなことなんか一切なく、丁寧で常に周りにいる人を立てて。そういう意味でも、ものすごく頭のいい人で、同時に良い人なんです。

仕事以外のプライベートでは、特に付き合いとかなかったんですか？　お休みの日に会うとかは？

紗理奈さんは知事と友人でもあったので、彼女と会ってることの方が多かったですからね。私や小島とはほとんど。あ、でも、たまに一緒に出かけることもありましたよ。紗理奈さん、美術方面好きでしたよね？　昔からじゃないですか？

あ、好きでした。美術部で絵も描いていましたから。

一緒に美術館に行ったりしましたね。ごく普通の、同僚のOL同士の付き合いみたいにして。もちろん、平日に通常勤務のときには普通にランチも一緒に行きましたし、そこでいろんな話をして盛り上がったり、今度あそこに行かない？　なんて約束したり。仲の良い同僚という形ではありました。

恋バナとかしなかったんですか？

紗理奈さんに恋人がいたのは聞いていましたけど、そういう話はあまりしなかったんですよね。ものすごく良い人ですけど、なんていうかな、クールというのではないけれども、自分の世界をしっかり守っていて、ここから先は踏み込ませないってラインをはっきりさせる感じなんですよね紗理奈さん。でもそれがイヤな感じではなく、明るくさっぱりしているというか。

あ、そうですね。姉はそんな感じです。家族に対してもそんな感じです。

家族に対しても、とは？

今も覚えていますけど、姉が中学校の頃に読んでいる本の中に、なんだったかな〈家族とうまく付き合うには〉なんていう心理学みたいな本とかあって、ちょっとびっくりしたのを覚えてます。

なるほど、そういう人なんですね。あ、これは単純な疑問なんですが、この間私がお邪魔したときに、もう一人の秘書の小島さんがいなかったのは何か理由が？

小島はあの日は公休を取っていたので。全然深い意味はないです。小島とも話したかったなら、いつでも会わせることはできますけれど、たぶん私と同じように失踪に関して話せることは何もないでしょうね。

ちょうど食事が終わる頃に、真奈さんのマネージャーさんから電話が入って、そこで真奈さんは退場することになった。これは仕込んだわけではなく、本当に真奈さんの方の都合だった。この後にマネージャーさんと一緒になり、ロケの間泊まることになるホテルに向かい、打ち合わせになるそうだ。期せずして、ちょうど良い感じのスケジュールになっていった。

真奈さんはわざわざ来てもらった仲野さんに何度もお礼を言い、仲野さんは真奈さんを気遣って、きっと紗理奈さんは見つかるからと励ました。自分もできることがあれば、何でもしますからと。

その様子に、何も含むものはなかったと思う。

心からそう思っているんだろう。つまり、仲野さんは失踪に関係しているどころか、こちらが邪推したような悪い場合の知事の協力者でもないんだろう。

本当に、紗理奈さんのただの同僚だ。

「仲野さん。今夜はこのままこちらの部屋でお泊まりいただくこともできますけれど。もちろん、無料で」

文さんが言う。

「え、いいんですか?」

「どうぞどうぞ、って僕が言うことではないのですが」

うーん、と仲野さんが考える。

「泊まりたいですけれど、お泊まりセットも何も持ってきてないので、帰ります。まだJRもあるし」

「いや、それなら僕が車で家までお送りします。その前にですね」

「はい、さっきの話ですか？　スーツケースの」

少し顔を顰める。疑問に思っていたんだろう。何故、スーツケースの話から始めたのかと。何の意味があるのかと。場合によっては、このまま仲野さんに全部話してしまうようなことも考えなきゃならないか。どこまで話すか。

「そうです。確認なのですが、坂東知事が以前から持っていた個人所有のものに間違いないんですよね？」

ちょっと首を傾げる。

「そうなんだと思います。私が秘書になってからは一度も見たことはありませんでしたからわかりませんけれど、知事公邸にあったものですから、たぶん知事になったときからずっとあったのだと思います」

「引っ越しの準備を、片づけを始めたときに初めてそこで見た、ということですか」

そうです、と頷く。

「引っ越しの準備や片づけは、私たち秘書三人で交代で少しずつやっていたのですけど、あれは押し入れにありました。珍しいデザインのものだったので、こんなの持っていたんだねー、って最上さん、紗理奈さんもちょっと驚いたみたいに言って」

「見つけたときには、紗理奈さんと仲野さんだけですか？」

「そうです。あのときは小島はいませんでしたね。引っ越しを機に処分するものと持っていくものを分けるようにすると知事が言っていたので、後から知事に確認すると、もう使うこともないだろうから処分しちゃうわ、と」

やはり知事がそう言ったのか。

「まだ使えるのにもったいないなって話したんですよ。最上さんも捨てるなら貰おうかなって。他にもいろいろ処分するのにはもったいないものがあったんですよ。知事がヨーロッパで買ってきたブランドのコートとか、鞄とか。あの人、すごく着道楽なんですよね。ずいぶんいいものがたくさんあったんです」

若い頃からヨーロッパによく行っていたのだろう。時期的にもバブルの頃だ。

「じゃあ、スーツケースは誰が貰うか、って話になったんですか？」

「最終的に、処分するものをまとめて、小島も含めて三人で全部ジャンケンして、あのスーツケースは最上さんが勝ったんですよ」

紗理奈さんが貰うことになったのか。

そのときには、きっと紗理奈さんは気づいていたはずだ。このスーツケースは母親が持っていたものと同じだと。

「それがどうして今は仲野さんのところに」

「それこそ大きいもので滅多に使うものじゃないので、貸し借りしましょうって。それで、ちょうど私が休暇で海外旅行に行く予定があったんです。じゃあ、自分の部屋に持っていくよりまずは仲野さんに預けるから持っていって、と」

仲野さんに、預けた、か。

「帰ってきて返そうとしたんですけれど、今はまだ余裕がないから預かっておいて、と言われてそのままなんです」

余裕がないから預かっておいて？

「それはもちろん、失踪する前ですよね？　辞めるという話をしてからのことですか？」

少し考えるようにして、頷いた。

「辞めると聞かされたのは、休暇から帰ってきてからです」

そのときに紗理奈さんは、既に何かを見つけていたのだろうか。

「このスーツケースに、何かがあるんですか？」

少しばかり眉間に皺を寄せて、仲野さんが言う。

疑問に思うのも当然だ。どうしてただの古いスーツケースのことを、こんなにも根掘り葉掘り訊くのだろうと。

「最上さんの失踪に関係があると？」

続けて、訊く。

文さんも、頷いた。ここはもうある程度は仲野さんに話すべきだろう。何せ、スーツケースの現物を今手にしているのは、仲野さんだ。

「仲野さん、このスーツケースのことを私たちが気にして調べていた。こうやって確認してきたということを、今のところは他の誰にも内緒にしてほしいのですが、お願いできますか？」

表情を変えてみた。探偵としてではなく、刑事であった頃に捜査活動で何度もしたような顔だ。

つまり、これは本当にヤバいことなんですよ、というようなことをハッキリと匂わす表情。何も悪いことをしていなくても、刑事にそんな顔をされて何かを言われたら、確実にビビってただ頷くしかできなくなるような雰囲気。

仲野さんの顔から、スッと表情が消えたような気がした。

「やっぱり、失踪に関わるようなことなんですね？　知事が何か関係しているかもしれないという情報を磯貝さんは摑んでいるんですか？　それが」

ｉＰａｄを見た。

「このスーツケースなんですか？」

仲野さんもまた、知事の秘書を務めてきた人だ。

頭が回り、機転も利き、有能な女性なのだろう。本人が言うように紗理奈さんには及ばないとしても。

「全てをお話しすることは今はできません。そして私たちは紗理奈さんの失踪に知事が関係しているという確実な何かを摑んだわけではありません。ただ」

スーツケースが映ったままのｉＰａｄを示す。

「このスーツケースが知事の持ち物だったという事実が判明した今、ひょっとしたら知事が関係しているのではないかという疑問に、確実性がある程度もたらされたというだけです。その確実性というのも、喩《たと》えて言うと私がこれから政界に入って道知事まで上り詰める可能性と同じぐらいのパーセンテージです」

ゼロではないが、限りなく遠い。

仲野さんは眼を細め、少し息を吐く。

「十パーセントぐらいにも満たない可能性ですか」

その通り。まったくないとは誰も言えない。三十歳以上の日本国民であれば、誰でもなれる可能性はある。北海道出身で元刑事というのはひょっとしたらアドバンテージにはなるかもしれないから、それを加味してもたぶん十パーセントにも満たない。

「どうしてスーツケースが最上さんの失踪に結びつくのかがまったくわからないんですけれど、それはお話ししてはくださらないのですね」

「まだ言えません。あなたは、知事の秘書です。有能な方だとは思いますし何も知らないのでしょうが、何かしらの懸念材料を与えてしまって、今後のお仕事に差し支えても困ります」

「では、犯罪になってしまう、という証拠も今は何もないのですね？」

「証拠とまで言い切れるようなものは、正真正銘、まったくのゼロです。それは確かです。状況証拠と言えるものすら、ほぼゼロです。ですから、誰にも言わないでくださいとお願いしています」

「わかりました。それは、お約束します。誰にも言いませんし、これを知っても今後の仕事に差し支えるようなことはまったくないです。それも、お約束します」

言いながら、じっとｉＰａｄに出ているスーツケースを見ている。

何かを、真剣に考えている。頭脳をフル回転させているのが眼に見えるように。指を軽く唇に当て、眉間に皺を寄せて。

その様子に、思わず文さんと光くんと顔を見合わせてしまった。

彼女は、仲野さんは、何かを考えている。

何を、考えている？

着信音が、鳴る。皆がこっちを見る。慌てて取り出す。

東雲ちゃんだ。

「はい」

皆に手を広げ、すみませんと意思表示して窓際に向かって立つ。

(東雲です。今、大丈夫ですか)

「いいよ。終わった?」

検索してもらっていた中央署が扱った薬物関係の記録。瑛子さんが疑われたものは一体誰が担当していたのか。

(一通り、集められました。PDFにしておきましたので、iPhoneで見るよりはパソコンで見た方がいいと思います)

「わかった。俺のパソコンのメアドに送ってくれ。今iPadがあるから、そっちで見られる」

(わかりました。それでですね、磯貝さん)

「何だ」

何か、含みのある言い方。

(三十年前なら、例の案件は出てこないかな、と思っていたんですけど)

「例のか」

二十年も前になるあの事件。現職の警部や警察官が、長年に亘《わた》る暴力団との癒着《ゆちゃく》、覚せい剤密輸や拳銃密輸に裏金作りと、まるでフルコースのような事件を起こしてくれて、北海道警察の威信が地に落ちた事件。

もちろん警察官になる前の事件なので、俺はもちろん東雲ちゃんも話でしか知らないわけだが。

「その中の誰かの名前が出てきたのか」

(その事件で処分を受けた人たちがいくつかの案件を担当しています。そしてですね、警務課の在原

課長の名前も)

「在原さんが?」

(この記録によると、当時は刑事部にいたようですね。そして、たぶんこれが磯貝さんが求めていたものじゃないかと思うんですが、在原課長が三十年前に一件だけ薬物関係の案件を処理しています。例の案件で、もう警察にはいない人と一緒に)

例の案件で、もういない人と。

「わかった。見てみる。ありがとう」

(口止め料での奢り楽しみにしてます)

「連絡する」

今度は何を奢ろうか。メールは後で確認する。

「すみませんでした。仲野さん、それでは家までお送りしますので」

「あの」

たぶん電話している間もずっと何かを考えていたんだろう。仲野さんが顔を上げて言う。

「スーツケースが知事の持ち物だったという事実が判明して、ひょっとしたら坂東知事が失踪に関係しているのではないかという疑問に確実性がある程度もたらされた。そう言われましたね」

「言いました」

「それは、知事の過去に関係していると思っていいのですね?」

過去に関係している。

「どういう意味でしょうか」

「私、最上さんが失踪する前に、辞める前にいろんな調査をこっそりとやっていたのに気づいていました」

紗理奈さんが、こっそりと？

「調査とは、どのような」

唇を一度、引き締めた。

「知事の、過去です。最上さんは誰にも知られないように、一人で知事のこれまでの経歴を表に出ていないものまで全部調べていました。知事としてのものだけではなく、それ以前の学生時代から経産省時代のものまで、全てを」

知事の過去を。

「それは、誰にも知られないようにやっていたのに、仲野さんが気づいたということですか？」

ゆっくりと、頷く。

「いくらこっそりやっていても、仕事中は常に一緒にいるんですから、ちょっとしたことで気づいてしまうことだってあります。ただ、そう気づいたのは今です」

「今？」

「今の今まで、最上さんがやっていたことは知事のこれまでの業績を全てまとめ上げる作業をしているものだと思っていました。きっと知事に言われて、何かしらの、それこそ評伝のようなレベルにまでまとめているのだなと」

「単純に、特別秘書としてそういう仕事をしているんだな、と思っていたんですね？」

「そうです。でも、思い返せばそれならあんなにこっそりとやる必要はないな、と。最上さん、その作業は個人のノートパソコンでやっていたんです。共有のパソコンでやれば、それこそ時間の空いているときに私たちでもまとめるような作業は手伝えるのに」

個人のノートパソコンで作業、か。

「それに、これも今気づいたのですけれど、知事はこれまでのパスポートを全部保管していたんです。それの全ページをコピーもしていました。これも、私が気づいたのはほんの偶然です。パスポートは、引っ越しの片づけをしているときに、知事の個人所有物の中にあったものです」

「これまでのパスポートって、あれは更新するときに古いのを返すんじゃなかったでしたっけ」

取ったことは一度もないのだが。

仲野さんは軽く首を横に振る。

「建前としては返却ですが、穴を開けたりした後は自分で持っていても構いません。後々に過去のパスポートに記載されている事項が必要になったりすることも稀《まれ》にありますので、海外渡航が多い人ほど使わなくなったものを持っている人もいると思います」

そういうものなのか。

パスポートか。紗理奈さんは、知事の渡航記録を全部チェックしていたんだ。文さんと、光くんと顔を見合わせる。勝手に膨らませた話の通りになる。紗理奈さんは、あのスーツケースを見つけてから、その可能性に思い至って、全部調べていた。

それが、確認された。

紗理奈さんのその調査の内容を全部見ることができたのなら、きっと瑛子さんと同じ飛行機に乗っていたかどうかもわかる。

いやそれ以前に。

「パスポートには、出国日と帰国日が必ずスタンプされると思っているんですが、間違いないですよね」

仲野さんが頷く。

「昔なら、そのはずです」

「昔なら？」

「今は、スタンプは省略されることもあります。希望すれば捺《お》せます」

そうなのか。何せ海外に行ったことがないのでわからない。

「でも、昔のパスポートなら確実にそれはあるはずです。最上さんはそれも調べていたんですね？つまり、坂東知事の過去、特に海外渡航の際の何かを調べていた。それは」

iPadを指で示した。

「知事が昔に使っていたであろう、海外旅行用のスーツケースに繫がっていくことです。間違いないですね？」

これは、もう隠すのも無駄だろう。

「その通りです。仲野さんのその情報で、また失踪に知事が関与していたのではないかという疑惑のパーセンテージが高くなりました。ただ、やはりその先の、何故知事の過去が関係しているのかは、まだ教えられません」

真奈さんが知らないことまで話すわけにはいかない。

「でも、どうですか。そこまでわかっても、今まで通り素知らぬ顔をして、通常通りに知事の秘書の仕事は続けられますか」

　頷く。

「大丈夫ですよ。さっき磯貝さんがおっしゃったように、まだ証拠の段階までもいってないんですよね？　単なる、疑惑でしかない」

「そうです。元刑事が言うので間違いありません。単なる当て推量に過ぎません。あながち的外れでもないかもしれない、という程度です」

「黙っています。誰にも言いません」

「じゃあ、仲野さん」

　文さんが、言う。

「黙って今まで通りに仕事をしていくことはもちろん、磯貝さんの仕事を手伝っていただくことはできるかしら。真奈さんのために、紗理奈さん失踪の謎を解くという」

　少し顔を顰めた。

「知事の何かを探るというようなことですか？」

「あやふやなことじゃないです。さっき、古いパスポートが全部あると言ってましたね。それは今も新知事公邸にあるんですよね？」

「あります」

「保管してある場所も、わかっている」

　少し首を捻る。

「大体は。たぶんあそこにあるだろうと。それを、最上さんがやっていたようにコピーしてくる、ですか？」

文さんが、微笑んで頷いた。

「それがあっても、まだ証拠とは言えないです。でも、ある重要な事実が確かめられます。それが確かめられて事実だとしたなら、ねぇ磯貝さん」

間違いなく。

「元刑事と言いましたが、これが事件捜査だとしたなら、正式に人員を配置して捜査を開始できるぐらいの、大きな要因になります。つまり、紗理奈さん失踪に坂東知事の行動が大きく関わっていたと、考えられると判断できるのです」

瑛子さんと同じ飛行機に乗っていたのなら、同じスーツケースが二つ。

そのスーツケースを持つ女性が二人。

そのうちの一人が消えて、薬物密輸の嫌疑をかけられていた。

では、残った一人。

坂東知事は、どうなのか。

どう関係してくるのか。

「どうですか？　坂東知事にも、他の誰にも知られることなくです。もちろんこれは単なるお願いです。断っても、何の問題もありません」

「できます」

唇を、引き締めた。

「最上さんは、素敵な人でした。大事な同僚でした。ずっと友人でいたいとも思いました。その人が、最上さんがどうしているかわかるのなら、私にできることがあるなら何でも協力します」

「ありがとうございます」

これで、また一歩進める。

さらに進むためには。

「すみません、ちょっとメールを確認させてください」

iPadでメールを受信する。東雲ちゃんからのメールが入っている。

添付されているPDFを開く。見慣れた、案件の書類。しかしかなり古いものがあって、こちらはまったく見たこともない手書きの書類もある。

「これか」

三十年前に、一件だけあった書類。確かに、在原さんの名前がある。一緒に確認に行った人物は。

(そうか、お亡くなりになった人か)

二十年前のあの事件の関係者。あの人は当時はここにいたのか。そして在原さんと組んでいたのか。

そんな話はまったくしたことがない。当然か、三十年も前の自分の仕事の話をするはずもない。したくもなかっただろう。

在原さんはあの件にまったく関係ないから、良かった。単純にこのときに一緒の部署にいたというだけ。

そして、ただ、確認するために行っただけの案件だ。

最上賢一さんのところに。

最上瑛子さんの失踪について。

誰に言われて、もしくはどんな情報があって、瑛子さんについて、最上賢一さんのところに聞き込みに行ったのか。

在原さんじゃない。このときはまだ二十二歳。きっと配属されたばかりのぺーぺーだ。つまり、聞き込みに行くと判断したのは、もう死んでこの世にはいない、あの人。在原さんに訊けば、どんな経緯で行ったかは、たぶん少しはわかる。

そしてパスポートで本当に知事が同じ飛行機に乗っていたとか、少なくとも同日に帰国していたと確かめられたのなら、きっと、一気に進められる。

「磯貝さん」

仲野さんが、呼んだ。

「はい」

「家まで送っていただけるのなら、スーツケースをお渡ししますが。きっと、必要になりますよね？」

その通りだ。そしてたぶん何も残っていないだろうが、調べる価値はある。

## 14

仲野さんの住むマンションは平岸《ひらぎし》にあった。

この辺りには大学時代の友人たちが何人か住んでいたので、なんとなくだが土地鑑がある。市内中心部から平岸街道に入って少し進み、信号のないところで中通りへ一本入ったところに立つ、二階建ての横に長いマンション。

きれいな建物だった。

デザイナーズマンションとまではいかないのだろうが、建築士さんにセンスがあったんだろう。白い外壁のところどころに組み込まれている色ガラスがとてもきれいだったり、ベランダの柵そのものがあまり他では見ないようなデザインで、かつ真っ赤な色に塗られていたり。

「賃貸ですか？」

「そうですよ。女性専用なんです」

「あ、なるほど」

そう言われれば、そんな感じだ。オートロックのドアが開いた瞬間に良い香りさえ漂ってきた。

「客なら、男性が入ってもいいんですよね？」

「もちろんです」

何かの寮でもあるまいし男子禁制はないか。住めるのは女性のみというだけか。二階建てなのでエレベーターはない。仲野さんの部屋は、二階の階段を上がってすぐのところで角部屋。

「夜分にすみません。玄関で失礼しますので」

「お茶ぐらいはお出しできますけど」

「いえいえ。ここで失礼します」

玄関スペースだけ見ても、住みやすそうな雰囲気がある。居間に通じているんだろうドアを開けて、仲野さんがあのスーツケースを持ってきてくれた。

「これです」

間違いない。紗理奈さんの母親、瑛子さんが持っていたものと同じだ。

「お預かりしますが、ちょっとここで開けて見ていいですか」

「どうぞ」

妙な仕掛けなどはないとは思うが、念のためだ。開ける。

三十年以上も前に作られたものだが、革の部分が良い感じに飴色《あめいろ》になっている以外は、どこもへたっている様子はない。ただ、内張の布はさすがに経年劣化が見られるか。擦《こす》ったりしてあまり手荒に扱うと破れてきそうな感じもある。

二重底などの仕掛けがあったら確実なのだが、そんなものはどう見てもない。布も張り替えたような跡は、ない。ごく普通のスーツケースだ。

もしもこのスーツケースに薬物が入っていたのなら、単純に荷物に紛れ込ませたということか。すぐにそれとはわからないように何かしらの工夫はしたのだろうが、よく見つからなかったものだ。三十年前なら、そんなものだったのだろうと思うしかない。

そして今更どんな検査や調査をしても、薬物が詰め込まれていた痕跡など見つからないだろう。

ただ、知事個人の持ち物だったという事実だけは、この後に何があったとしても仲野さんが証言してくれる。紗理奈さんがもしも無事に見つかれば、彼女も同じく証言してくれるだろう。仮に知事が私の持ち物ではないと言い張ったとしても、知事公邸にあったという事実だけは、間違いなくある。

「じゃ、お預かりします」

「あの、知事のパスポートですけど」

「はい」

「その場でスマホで写真撮ってすぐに磯貝さんに送る方が早いと思うんですが、ダメですか？」

「ダメというわけではないのですが、基本的には犯罪に近い行為なんですよね。他人のデータを、本人の許可なく勝手に複製するわけですから。それ以上のことに、たとえば商用や脅迫などに使わないとしても」

「あ、そうですね」

まぁ探偵なんてそれ以上のことをけっこうやってしまうことも多いわけだが。

「なので、できるだけ痕跡は残したくありません。スマホで撮るとデジタルデータは消したとしても、実は残ってしまいます。コピー機でコピーするだけなら、残る痕跡はコピー機のカウンターが回ったという事実だけです。そこからは何も辿れません」

「そうか、そうですね」

犯罪に近い行為の片棒を担がせてしまうのは少々気が咎めるが。

あ、待てよ。

「念のためですが、使おうとしているそちらのコピー機はデジタルコピー複合機ですか？　ネットワークに繫がっている」

それなら実質上、コピー機にデータが残ってしまうわけだが。

「あ、大丈夫です。未だにネットワークには繫がっていない旧式のコピー機もあります。デジタルコピー機も、データ管理ができるのはありますから、ハードディスクのデータ消去もできます。だから問題ないです」

なるほど。それなら安心。さすが有能な秘書だ。隅まで知り尽くしている。

「仲野さんが、絶対に誰にも怪しまれない、見つからないタイミングでコピーを取ってくれれば、そして連絡をいただければすぐに取りに伺いますが、本当にそんなことができますか？」

大きく頷いた。

「大丈夫です。明日にでもすぐに」

頼もしい。

「あ、じゃあコピーするとき手袋でもした方がいいですかね」

「いや、そこまでは結構です。そもそも知事の細かいものを片づけるときに手袋なんかしてませんよね。大丈夫ですよ。連絡、お待ちしています」

スーツケースを抱えて、部屋を出る。階段を下りて、マンションの玄関前に停めていた車の後ろに積み込む。

まだ時刻は八時半。電話しても、あるいは訪ねてもギリギリ夜遅いと怒られるような時間ではないだろう。片づけられるものは、全部今夜のうちに片づけてしまおう。

まずは、在原さんだ。

在原さんの自宅は旭《あさひ》ケ丘《がおか》。二人いるお子さんも既に独立して、今は夫婦二人暮らし。いつでも遊びに来い、と、この間も言われている。個人の携帯に電話をする。この時間ならもう晩飯もお風呂も済ませた頃かもしれない。

（はい。どうした）

「夜分すみません。磯貝です。今いいですか」

（いいぞ。ひょっとして失踪した最上紗理奈さんという女性の件か？）

話が早くていい。

「そうです。少しお話を聞かせてもらわなきゃならないものが出てきました。十五分ぐらいで行けますからお願いできませんか」

（わかった。酒はいらないな？）

「いりません。申し訳ないですけどお土産も持っていけませんが」

笑う。

（構わん。話が済んだら、幸子《ゆきこ》が喜ぶからお茶ぐらいは一緒に飲んでいけ）

喜んで。奥さんの幸子さんに会うのも随分と久しぶりだ。


居間で話せるようなことではないので、玄関で奥さんにも挨拶した後、まっすぐ在原さんの書斎にお邪魔した。

在原さんは、とにかく読書家だ。読書家というよりは活字中毒者か。五十を過ぎた今でも読む本を必ず鞄に一冊は入れておかないと落ち着かない。当然蔵書の数も膨大《ぼうだい》なもので、六畳間のこの部屋はほぼ本で埋まっている。

「どうやら事件の匂いがプンプン漂ってきたってことか」

革張りの椅子に座りながら、在原さんが言う。ソファなど置けないので、こっちは折畳み式の小さな椅子に座る。

「ひょっとしたら、とんでもないことになりそうです」

全部説明しないと、わかってもらえない。

だから、最初から全部話した。当然だが、在原さんは正式な事件に、捜査にならなければ、誰にも話さずに秘密にしてくれる。

警察官としても、人間としても、とことん信頼できる。

依頼人が、女優の西條真奈さんだったところから始める。さすがにちょっと驚いていた。そしてその人気女優の姉が、最上紗理奈さんであり、知事の特別秘書をしていたこと。

さらに、真奈さんと紗理奈さんの母親の瑛子さんが、実は三十年前に失踪していたこと。その飛行機には坂東知事も一緒に乗っていた可能性が高いこと。彼女が使っていたスーツケースが、少し変わったものであったこと。

そして、今は車に積んだままの、おそらく坂東知事が使っていたであろう、瑛子さんのものとまったく同じスーツケースが知事公邸にあったところまで。

在原さんの表情が、どんどん険しくなっていくのがわかった。

こちらが組み立てた推論も、これからやろうとしていることも全部話す。

「そして、東雲に頼んで探してもらったのが、これなんです」

ｉＰａｄで見せた。三十年も前の、中央署の薬物関係での事件の調書。在原さんの名前も入っている大昔の書類。

在原さんが、眼を細めてそれを見る。

「覚えていますか？　最上賢一さん、成田空港から失踪した最上瑛子さんの夫に話を聞きに行ったことを」

顔を顰めて、頷く。

「すっかり忘れていたが、今、思い出したよ」

一緒に行った、その人の名前を出した。

「配属されて、二日目だった」

「二日目ですか」

そりゃあ、ぺーぺーもぺーぺーだ。少し息を吐き、記憶を底の底から引きずり上げるようにして、また顔を顰めて腕組みをする。

「突然だったな。昼飯に出たときだ。ついでに一件用を済ませるから、ちょっとついてこいと言われて一緒に車に乗った。走りながら、外国からヤクを運んで来た女性がいるらしいと。その夫に話を聞きに行くんだ、とな。それしか言われなかったのを覚えているよ」

「それだけですか。どこから話が来たとかは」

「教えてくれなかったな。この最上賢一さんに、夫に話をしたときに、初めて成田空港という名前を聞かされて、なるほど東京かどこかからの案件確認依頼だったのかとわかったぐらいだ。とにかく、最上賢一さんには通り一遍の話を聞いただけだった。〈奥さんから何か聞いていませんか、当日に連絡とかありませんでしたか、東京に知り合いはいませんか〉等々だ。当然のように、夫は何も知らないと。それよりも妻はどこに行ってしまったのか捜してくれませんか、と。それもそこで知ったよ。その奥さんが空港で行方不明になってしまったってことをな」

「本当に、在原さんは何も聞かされてなかったんですね」

「確かめに行くだけだって言われてな。お使いみたいなものだと。なるほど刑事になってもこういう感じのことはあるんだな、とそのときに思った。後で帰りの車の中で訊いたよ。その空港からいなくなった奥さんというのは、この後どうなるんですかって」

「どうもならない、って言われたんでしょう」

そうだな、と頷く。

「こっちの管轄でもないし、そもそもいい大人の失踪など余程のことがなきゃあ、動かないし動けない。それはわかっていたからな。話を聞いて、こっちはこれで終わりだ、と。報告はしておくし書類もこっちでやるから何もしなくていい、と。だから本当にそれだけしかなかった。しかし」

iPadの調書をまた見る。

「まさか、それがこんなところに繋がるとは。最上という姓が一緒だったか。お前から最上紗理奈さんの話を聞いたときに思い出していれば、もう少し話が早く進んだかもしれんな」

「いえ」

三十年も前の、ただ一回きり話を聞きに行った、被疑者でもない一般人の名前など覚えているはずもない。

額に指を当て、軽く叩いて考えている。

「すると、磯貝。最上紗理奈さんの失踪は、あの事件に繋がっていた薬物絡みのものだったかもしれない、ということか」

「そう考えざるを得ませんね」

何のために、あの人は最上賢一さんに話を聞きに行ったのか。何かを確かめに行ったとしか思えない。

「おそらくですが、本当に最上賢一さんが、瑛子さんの失踪については何も知らないことを、日本に着いたときに連絡も何も入っていないことだけ、つまりこのまま放っておいても、自分たちに火の粉がかからないことだけを確かめたかったんじゃないでしょうか」

在原さんも頷く。

「そう考えるのが、自然だな」

それで終わりにしたんだ。

東京と札幌だ。

つまり、瑛子さんを成田で拉致した連中とあの人は確実に繋がっていたわけだ。

「外国から帰ってきたばかりの妻が空港から消えた。それ自体はあまりあることではないが、失踪自体はよくあることだ。世間的にもそれで終わることを、それ以上に事が大きくならないのを確かめた」

「自分たちの失態はそれだけで、このまま放っておいても安心だ、ということですね」

「そういうことになるな」

どんなふうに繋がっていたのか、瑛子さんを拉致した連中が誰だったのかなんて、今更調べようもない。

在原さんが、ｉＰａｄを操作した。

「外国から、いやパリから薬物をこのスーツケースに入れて運んできた女性がいる。自分の意思か単純に荷物を頼まれたのかは現時点ではわからない。しかし、たまたま同じ機に同じ珍しいこのスーツケースを持っていた女性がもう一人いた。薬物を受け取る側だった人間は、間違えて同じスーツケースを持っていた最上瑛子さんを連れ去った」

「そして瑛子さんは、そのまま消えた」

どう考えても、生きてはいない。

在原さんが、頷く。

「東京の連中と札幌が繋がっていたのは間違いないだろうが、同じスーツケースを持ったもう一人の女性は、現北海道知事の坂東泉。彼女は、その薬物をどうしたのか。そもそも連れ去る相手を間違えなかったとしたなら、荷物の受け取りはどういう手筈《てはず》になっていたのか。瑛子さんを連れ去ったことを考えるのなら、坂東知事も実は空港から消える手筈になっていたのか、あるいは空港で受け渡しを終わらせて、知事はそのまま北海道へ帰る予定だったのか」

「その辺は、坂東知事の当日の行動が調べられればわかると思いますが」

もしも坂東知事が、すぐに新千歳行きの飛行機に乗っていたのなら、荷物は空港で受け渡すことになっていたんだろうと考えられる。

残念ながら国内線では、パスポートのスタンプを確かめてもそれはわからない。わかるのは、坂東知事が瑛子さんと同じ日にフランスから日本へ帰ってきていた、ということだけ。

「そうだろうな。坂東知事がこうして生き残って知事にまで上り詰めているのだから、間違えたことを知った連中が坂東知事を改めて狙って拉致しようとしていたとは、まず考えられない」

「ですね。つまり坂東知事もそいつらとは繋がっていたと考えるか、何も知らずにただ成田空港で、あるいは瑛子さんの件で予定が狂ったとしても、札幌に帰ってきて荷物だけを誰かに渡したのか、ですね」

最上瑛子さんはいちばんひどい間違えられ方、ただの人違いのせいで顔を見られたし、薬物の話を聞いてしまったので、そのまま口封じのために殺されてしまったんだろう。

そう考えるのが自然だが、ひどい話だ。

とても真奈さんには伝えられない。

「坂東知事は、何も知らなかったんだろうか。同じスーツケースを持った女性がいたことも、その人が連れ去られたことも」

「そしてたぶん殺されていることもですね。まだわかりませんが、知らないことを願いたいですね。そもそも空港で瑛子さんと間違えたということは、目印はスーツケースだけだったんでしょう。坂東知事が荷物を運んでいたことを予め知っていたのなら、東京で迎えた連中は顔とかも知っていたはず。いくら三十年前でメールや携帯がまだ一般的ではなかったとしても、ファックスぐらいはありました」

「あったな。しかし、それ以上は本当に何もわからんな。知事が知っていて運んだか、知らずに運んだか。そもそも薬物は本当にあったのか」

「わかりません。本人に訊く以外は」

訊いても答えるかどうかはわからない。

「もしも、最上紗理奈さんが、坂東知事が瑛子さんと同じ飛行機に乗っていたことを摑み、そして薬物を坂東知事が運んでいたことを確認し、それを本人に問い詰めていたら、どうなっているのか、か」

「そうです」

確認したら、どうなったのか。

確認したから、いなくなったのか。

在原さんが、唇を歪める。

「それこそうっかりしていたが、俺にはこの調書の件で、最上賢一さんに関することはこれ以上は何もわからない」

「わかってます」

ただ、間違いなくあの人が最上賢一さんのところに、確認をしに行ったことだけを確かめたかった。

「そして、これは、もうどうしようもないな磯貝」

「そう思いますよね」

「話は、繋がる。まず間違いなく、これまでのところを揃えて考えても、最上紗理奈さんはお前が推測した通りのことに気づいたんだろう。そして調べたんだろう。その結果、いなくなった。しかし」

「こうしてスーツケースがあったとしても、そこから先へ捜査を進めるとして、どこへ進んでも行き止まりなんです」

三十年前の話だ。

薬物は、ない。

運んだという証拠も、ない。仮にあの事件に繋がるものだとしても、主要な関係者はもうこの世にいない。

「知事の証言を得るしかないが」

「もしも本当に運んだとしても、話すはずもありません」

「唯一の証拠を得る方法は、知事公邸の周りを掘り返すことか。紗理奈さんの死体が埋まっていないかどうかを」

「それも、もちろん可能性としてはありますが、望み薄ですね。知事公邸の写真撮影会もなしにしようとは思います。こうして肝心のスーツケースは見つかったし、パスポートのコピーももうじき手に入れられますから」

「これ以上知事公邸を家捜ししても何も出ないか。死体も」

「もしも知事が紗理奈さんを殺して知事公邸の土地のどこかに埋めて、その上でしれっと私と紗理奈さんについて話しているんだとしたら、彼女は化け物です」

「とてもそんな化け物には思えない、か？」

「思えません。今のところは」

あの気のいいおばちゃんみたいな人が、そんなことまでしでかして、あそこまで普通にしていられるというのは考えられない。

「もっとも、信じられないような殺人事件は今までもいろいろあったので、あり得ないとは言えませんが」

「言えないだろうな。しかし紗理奈さんが知事に殺されてはいないと仮定すると、紗理奈さんは直接知事に確認してはいない、という可能性も大きくなるか」

「それなら、何故失踪したのか、というのがまたまったくわからなくなりますけどね」

在原さんが、首を捻る。

「姿を隠した、と考えるのはどうだ。まだそこに話が至ってないようだったが」

「紗理奈さんがですか？」

そうだ、と頷いた。

「もしも、だ。紗理奈さんが、その素晴らしい事務処理能力を発揮して、だ。お前でさえやらないうちから諦めている坂東知事が三十年前の薬物の運び屋だったという証拠を人知れず掴み、なおかつ自分の母親を殺したであろうその仲間たちと、持ってきた薬物を捌《さば》いた連中。つまりは例のあの事件をまた想起させるような、政界も警察も揺るがすような大きな不正や犯罪の証拠をも、誰にも知られずに、そして悟られずに見つけてしまったとしたらどうだ」

そこか。

そのパターンか。

「それをこれ以上追及していけば、白日の下に晒《さら》す前に確実に自分は消されるに違いない。運良く消されずに公《おおやけ》にできたとしても、晒した後に自分たちの家族に危険が及ぶかもしれないと判断したのならどうだ。父や最愛の妹にまでも。何よりも妹は、有名な女優なんだ」

あっという間に、ハイエナどもが群がる。

だから、誰にも何も言わずに消えた、か。

「何の痕跡も残さないように。自分がどこに行ったのか、何故そうしたのかも誰にもわからないようにして」

父にも、妹にも。

もちろん、知事本人にも。

「そうだ。その可能性も、大きいんじゃないか」

確かに。

そう考えるのなら、紗理奈さんの生存確率が一気に上がる。

「失踪ではなく、潜伏」

頷く。

「そうも言えるかもしれない。それほどの能力を持った女性ならば、一度潜伏して、どうすればこの先に待つ事態を打破できるかを考えているのかもしれない。機会を窺《うかが》いながら、どこかで静かに生きているのかもしれない」

「だとすると、こっちで勝手に知事にこれ以上の情報を与えることも、危なくなるということになりますね」

「そうとも言えるな」

うん、と頷いて、在原さんが何かを考える。

「俺の方で、手伝えることは残念ながらこれ以上はないな。それこそ、下手に動いてやぶの蛇《へび》を突《つつ》くことになっては、もしも紗理奈さんが生きているならば彼女の邪魔をしてしまうことになる」

「そうですね」

警察の内部で何かしらの動きをすることは、無理だろう。そもそも在原さんは今は警務課だ。表立って動けるはずもない。東雲ちゃんの情報通信部に関しては元々が独立した動きをするところだし、調査と情報収集をするという技官の仕事をしているだけだから、何の問題もない。

「もしも、この先何か手伝えることが出てくれれば言ってくれ。俺にとってもやり残した仕事なのかもしれん」

「お願いします」

＊

まさか昼休みに連絡が来るとは思ってもみなかった。

仲野さんは仕事が速い。一緒にお昼を食べながらお渡しできますというので、ちょうど事務所に来ていた光くんにその役を頼んだ。

ＯＬと大学生が一緒にランチを食べている、という図だ。若い彼氏とかではなく、仲良しの友人の弟くんという設定にさせてもらった。たまたま近くに来ていたので、一緒にご飯を食べていたと。

誰かに見られていても、それならさほどおかしくはない。

紗理奈さんは生きていて、実は失踪ではなく潜伏をしているんだ、という可能性を考えるのなら、今後知事に与える情報も遮断しなきゃならない。なので、自分のところの秘書がまた探偵と会っていた、なんて情報を与えるのはあまりよろしくない。変な疑念を持たれてしまっても困る。

どこにでもありそうな茶封筒を抱えて光くんはすぐに帰ってきた。

「偶然なんですけど、中学校のときに桂沢さんっていう同級生もいたそうです。確か弟も妹もいたはずだって」

「それはちょうど都合が良かった」

知事は今日は函館に行っているそうだから、そこまで気を遣う必要はないだろうが、念のためだ。

「彼女はいるってちゃんと話しましたか」

笑う。

「話しておきました。文さんのこともいろいろ。今度はお客さんとしてちゃんと〈銀の鰊亭〉を堪能しに行きたいって」

「いいですね」

これが解決したらぜひ行ってもらおう。光くんが預かってきた茶封筒には、坂東知事のパスポートのコピー。

「手伝います」

「ありがとう。二十九年前のものだけで充分」

全部コピーしてくれたので、相当な枚数がある。スタンプの日付だけを見て、探していく。

育美さんが書いてくれたレポート用紙。そこに、日付が書かれている。育美さんと瑛子さんが帰ってきた日だ。その日の飛行機の便名と到着予定時刻、そして実際には何分頃に着いたかも書かれている。

日付の合うスタンプさえあれば。

「ありました！」

光くんが声を上げた。一枚のコピー用紙。

「間違いないです。育美さんと瑛子さんが帰ってきた日に、坂東知事もパリから帰ってきています」

「うん」

確かに、スタンプが捺してある。

「これで、あの写真に写っていたスーツケースは、瑛子さんのものではなくて坂東知事のものだったと特定できましたね」

「できました」

間違いなく。

瑛子さんと坂東知事は、同じ飛行機に乗って日本に帰ってきていた。

「何かの証拠にはならなくても、瑛子さんの失踪に知事も関係しているんじゃないか、ってテーブルに上げる材料には充分になりますよね」

「なります」

間違いなく、なる。

「昨日も言いましたけれど、これで捜査本部を開けるんじゃないか、っていうぐらいに大きな材料です」

しかも、在原さんの証言もある。知事が関係しているかどうかは別にして、間違いなく捜査を進められる。

「どうしますか？　これから」

光くんが言う。いつでも手伝えますよ、と。

「それなんですが、後で文さんにも伝えますけれど、昨日在原さんに会ってきたんです。二十九年前に、瑛子さんが薬物を運んだのじゃないかと、最上賢一さんに話を訊きに行った刑事の一人です」

はい、と頷く。

「そこで言われたんですよ」

ひょっとしたら、紗理奈さんは我々よりも一歩や二歩どころじゃなく、百歩も進んでこの事件の全容を解明したのではないか。解明して、けれども現時点ではどうしようもないから潜伏したのではないか、という話。

「失踪じゃなくて、潜伏」

なるほど、って光くんが大きく頷く。

「何もかもがわかったとしても、相手が現職の知事だったり、さらに警察やあるいは政治の部分の大きなところに敵がいるんだとしたら、紗理奈さん一人じゃ戦えないですよね」

「無理でしょう。在原さんが考えたように、白日の下に晒した瞬間、あっという間に反対に消されてしまうかもしれません。自分一人が消されるならまだしも、父親も、妹である真奈さんも」

「消されないまでも、女優生命が簡単に終わってしまうかも」

間違いなく、終わる。

「なので、仲野さんに接触するのも光くんに行ってもらったわけなんですが、正直どうやってここから先に進めばいいかまったくわからないんですよ。五里霧中《ごりむちゅう》とはこのことです」

「警察は当てにならないですか。このスーツケースの事実だけでも、二十九年前の瑛子さんの失踪について事件性が出てくると判断してくれませんか」

「まともな警察官であれば、そう判断してくれます。けれどもいかんせん、二十九年前という時間は、もはやどうにもできません。テーブルに上げることもできないでしょう。ましてや相手は現職の道知事です。もっとはっきりとした、明確な証拠がなければ」

「肝心のスーツケースがあっても、今更薬物反応も出ないんですよね」

「出ません。期待するだけ無駄です」

ただ。

「五里霧中だな、とは思ったんですが、そこに一筋の光を見つけたような気がするんです。勘違いかもしれませんが」

「光ですか」

「ダジャレじゃないです。今朝、眼が覚めたときに、ふと思いついてしまったんですよ」

「なにをです？」

「このスーツケース」

事務所に運んできた、瑛子さんのものと同じ、坂東知事が使っていたスーツケース。

「どうして今までそこに気づかなかったんだろうな、と」

「なんですか」

「広太郎さんです」

「広太郎さん？　あっ！」

知事の息子の、坂東広太郎さん。

紗理奈さんが、スーツケースのことを訊いてきた、と教えてくれたセレクトショップ〈ランブリン・ストリート〉の店主。

「そうなんですよ。彼は、坂東知事の息子です。息子なのに、坂東知事が持っていたこのスーツケースのことをどうして知らなかったんだろうな、と」

彼は、一言も「知っている」とは言わなかった。

これ、母も持っていますよ、とは。

「単純に本当に持っていることを知らなかった、という線もなきにしもあらずですが、もし知っていたとしたら？　知っていたのに、僕にはさも知らなくて紗理奈さんに訊かれて調べた、などと言ってきたとしたら？」

「広太郎さんは、何かを隠している？」

そう思ったんですよね。

## 15

あのとき。知事に紹介されて広太郎さんの店〈ランブリン・ストリート〉に行って、そして近くのカフェで話を聞いた。

「スーツケースの話をしてきたのは広太郎さんからです」

親しいお客様だったけれども、紗理奈さんに自分から連絡したことはない、と言った後に、そういえば一度だけメールしたことがあると言ってきた。

それがスーツケースの話だった。

「『紗理奈さんが何故これを調べたのかは、わからないのですね？』って訊いたんですよ。そうしたら『何かで見たのでものすごく欲しくなったとかなんとか言って』なんて話をしてくれたんです」

話はそこで終わっていた。何の発展も展開もない話。そこに何も引っ掛かりは感じられなかったので、素直にそういうことがあったのか、と思った。いや、思ってしまった。そして一応確認だけはしておこうと思って、スーツケースを探し始めたんだ。

「だって、そのときにはまだ磯貝さんは、あのスーツケースのことを何も知らなかったんですからね」

　そうなんだ。

「しかし、紗理奈さんはスーツケースを発見した時点で、瑛子さんの失踪に知事が関与しているかもしれないとおそらく考えたはずなのに、継母《ままはは》とはいえその息子さんに直接訊きますか？　このスーツケースのことを」

　うん、って光くんも大きく頷く。

「おかしいですよね」

　間違いなく、変な話だ。

「紗理奈さんほどの頭の良い人が、そんなミスをするはずがない」

「じゃあ、広太郎さんはあの時点で紗理奈さんの失踪について、嘘をついたというか、あ、違うね。磯貝さんにヒントというか、手掛かりを与えた？　違うかな。他の表現があるかな」

「今の段階では、手掛かりが適当でしょうか。あるいは、これが小説なら伏線、という表現もできますか」

　そう思わないと、辻褄《つじつま》が合わなくなる。

「紗理奈さんがそこに気づいていなくて、単純にファッション業界の人間である広太郎さんに訊いた、という可能性もなきにしもあらずですけど」

「そんなことしませんよね、きっと紗理奈さんは。だってスーツケースが母親のと一緒だってわかった瞬間に、結びつけます」

　その通り。どんな人間だろうと、結びつけて考えてしまうはずだ。

「広太郎さんが、姿を隠した紗理奈さんを匿《かくま》っているとか、一緒に住んでいるとか」

「さすがにそれは考え難いですね。もういい年齢の息子と継母です。離れて暮らしているんですから頻繁に会うことはないでしょうが、それでもいつ知事とバッタリ会うかわからない状況に、自分の身を置くことはないでしょう」

あくまでも、紗理奈さんが潜伏をした、と考えるなら。

「広太郎さんが坂東知事の息子になったのって、いつなんですかね?」

「そこは調べていませんでした」

坂東知事がいつ結婚して、そして死別したという旦那さんは何をやっていていつ亡くなったのか、などの情報はまるで手にしていなかった。

「迂闊といえば迂闊でしたが、たぶんすぐ手に入る、ほぼ公になっているデータだと思います」

東雲ちゃんにでも訊けば、すぐに調べてくれるだろう。

「案外最近というか、それほど昔でもなくて、広太郎さんは坂東知事とそんなに長くは暮らしていなくて、スーツケースのことは本当に知らなかったということもあり得ますよね」

「あり得ます。たとえば広太郎さんが中学生のときに結婚したとしたら、今から二十年前ぐらいですか。あのスーツケースは一切使っていなくてしまい込んだままだったら、一度も見たことないというのもあるでしょう」

間違いなく使っていたのは二十九年前。確か広太郎さんは紗理奈さんと同い年だったはず。ならば、六歳くらい。

「その前に結婚していたとしても、微妙なところですかね」

「微妙といえば微妙ですが、紗理奈さんが覚えていたとするなら広太郎さんも覚えていても不思議じゃないです」

「仮にですよ磯貝さん。広太郎さんがそのときに〈スーツケース〉という紗理奈さん失踪に関わる手掛かりを渡してくれたんだとして、どうして、あの時点で磯貝さんに渡したんでしょうね？　だって、初めて会った探偵ですよね。いきなりそんなことを話したのは、どうして」

「それも疑問ですが、最初から紗理奈さんと広太郎さんが組んでいたと考えれば、ある程度納得はできます、が」

「最初から組んでいた？」

「そう、失踪することを広太郎さんと一緒に考えて実行したんだ、と仮定して、もしも自分を捜す家族、もしくはその家族から頼まれた完全な第三者、つまり探偵のような人間が広太郎さんの前に現れたのなら、その手掛かりを与えてもいい、と決めていた。とするなら、まぁ納得はできますか」

　うーん、と光くんは眉間に皺を寄せる。

「だとしても、何ででしょうね？」

「どうしてでしょうね。思いつくのは、それだけ紗理奈さんには自分の家族に対する信頼があった、ぐらいですか」

「信頼？」

「父や妹には絶大なる信頼を置いていた。そしてその家族が、自分を捜すことを託した人間なら間違いなく信頼できる人間だろうから、万が一のことを考えて自分を捜す手掛かりを与えるようにした。もしくは」

「第三者に、坂東知事と母親の瑛子さんの繋がりを示唆《しさ》できるようにした、ですかね」

そういうふうには、考えられる、かな？　って感じだ。

「いずれにしても、仮定の話ばかりしても時間の無駄です」

「広太郎さんに直接訊きに行きますか？」

「行くしかないでしょうね」

もしも、広太郎さんがヒント、手掛かり、伏線を張ったというのなら、そしてこっちがそれに気づいたのなら、それに応えないという手はない。

「ただ、会いに行くにしても、どうやって行くか」

知事にこれ以上情報は与えないように、届かないようにしなければならない。だとすると、また店に行くのは拙い。単純に服を買いに来たというのは通用しない。失踪事件が終わってもいないのに買い物はないだろうし、また話を聞きに来た、というのも予断を与えることになる。

「広太郎さんの自宅を調べて、お邪魔しましょう」

「直接訪ねるんですか」

「手っ取り早いし、もしも広太郎さんが手掛かりを与えてくれていたのならそういうことも織り込み済みでしょう」

「まったくの勘違いだったら？」

「無能な探偵の早合点《はやがてん》ってことで笑ってもらいます。もっとも自宅は知らないし聞いていないんですが」

じゃあ、と、光くんが眼を輝かせた。

「僕が、広太郎さんを尾行すればいいですね。顔を知られていませんから」

それがいいですね。

「今夜は空いていますか。広太郎さんの店〈ランブリン・ストリート〉の営業は八時までです。その後尾行してもらいます」

「任せてください」


店が終わった後にどこかへ飲みに行くとか誰かと会うとなったら、部屋を訪ねるのはまた明日だと思っていたが、幸い広太郎さんはそのまま帰宅してくれた。晩ご飯は営業中に交代で済ませるのか、あるいは帰ってから自宅で食べることにしているのか。もしも食事中になってしまったら申し訳ない。

マンションは南九条《みなみきゅうじょう》の電車通り沿いにあった。

レンガ色の四階建てのマンション。それほど大きくはないし築年数も浅くはなさそうだけれども。

「住みやすそうな感じのマンションですね」

「そうですね」

事務所で待機していて、光くんからの連絡でタクシーを飛ばしてきた。住宅街にあったら車を停めるところを探す時間がもったいない。

四階の、奥。たぶん角部屋だ。そこが広太郎さんの部屋。マンション入口にある郵便受けの表札には〈坂東広太郎〉と書いてある。そしてなかなか立派な造りではあるが、オートロックではなく、ごく普通に誰でも出入りできる賃貸マンション。管理人室はあるものの、どうやら夜間は無人だ。

入口から堂々と入って、エレベーターで四階へ上がり、奥まで進む。玄関横の表札にも〈坂東広太郎〉としっかり書いてある。

ドアフォンを押す。カメラがあるからモニターで見えるタイプだろう。中で音が響くのがわかる。

（磯貝さんですか？　今開けます）

いきなりそう聞こえてきて、ドアの鍵が開く音がして開く。

帰ってきてすぐに着替えたんだろう、モスグリーンのスウェットの上下に、黒縁眼鏡をかけた広太郎さんの姿。この間は眼鏡をかけていなかったから、外ではコンタクトなのかもしれない。そしてこのスウェットも絶対にオシャレなものだと思う。上下にさり気なく入っているラインがカラフルだ。

「夜分にすみません。ちょっとお話を聞きたくて伺ったのですが」

不審がるような様子も戸惑った表情もないが、お店で見たような笑顔でもない。ちらりと後ろにいる光くんを見る。

「助手の桂沢と言います」

小さく頷いた。

「どうぞ、ちらかってますけど。一人暮らしです」

「ありがとうございます」

玄関を入ってすぐにドア。キッチンが見える。２ＬＤＫかな。焦げ茶色を基調にしたインテリア。壁に掛けられた大きな絵や、とても思いつかないようなカラーリングのソファとテーブルの組み合わせ。さすがにセンスの良さが際立つ。ポンとソファの背に掛けられているだけのジャケットだってまるでファッション誌の撮影用に置いたように見える。

「どうぞ、ソファに。コーヒーでいいですか？　ちょうど今淹れたところなんですよ」

「おかまいなく」

「三人分ぐらいありますから。いつもそれぐらい落として、ずっと飲んでいるんです」

確かにキッチンからコーヒーの薫りが漂っている。同じだ。大体普通のコーヒーカップに三人前、マグカップなら二人前ぐらいは一回で落とす。

「砂糖とミルク使うのであれば。あ、もちろん煙草も吸えますよ。そちらの桂沢さんがいいのなら」

「あ、平気です。どうぞ」

ちゃんと袋入りシュガーとミルクも常備してあるようだし、さほど広くないリビングに空気清浄機が二台も回っている。ひょっとしたら来客も多いのかもしれない。

正面のソファに座りながら、広太郎さんが言う。

「最上紗理奈さんの件、ですよね？」

「そうです。ひとつだけ確認させていただきたいことがあります」

「何ですか」

「この間会ったときにお話しいただいたスーツケースの件です。紗理奈さんに一回だけメールで連絡したというフランスのファッションデザイナー〈ジャン・イブ・ファニー〉のスーツケース」

ほんの少し、広太郎さんの唇が引き締まる。

「あのスーツケースとまったく同じものを、あなたの母親である坂東泉知事が所有していた事実を摑みました。それも、少なくとも三十年以上の間ずっとお持ちだったようです。義理とはいえ息子であるあなたは、それをまったく知らなかったのでしょうか？」

おそらくマホガニーのローテーブルの上に、アメリカンスピリットの青い箱とイギリス国旗が入ったジッポーが置いてあった。広太郎さんは、一本取り出して火を点ける。

紫煙が流れる。一息吐いて、こちらを見る。煙草を吸いたくなってきたが、非喫煙者の光くんがいるから、せめて広太郎さんが消すまで待とう。

「この事実を私が摑んだことは、まだ知事は知りません。知っているのは知事の秘書である仲野さんのみです」

余計な情報かもしれないが、付け加える。広太郎さんが少し眼を細めて、小さく顎を動かした。

「知っていました。あのスーツケースをあの人が持っていたことは。もう何十年も前から」

やはり、そうか。

嘘をついたのか。

「では、私にスーツケースのことを教えてくれたあの内容は、あなたが作った話、ということになってしまいますが、どういう意図だったのでしょう？」

煙草を吸って、うん、と頷く。一度口を開きかけて、また閉じて少し下を向いて考えた。そして、苦笑いする。

「一応、どう答えるかというシミュレーションはしていたんですが、いざこうなると迷うものですね。どこからどうやって話せば、いちばんわかりやすく伝わるのか」

「それでは、続けて質問します」

それが手っ取り早い。別に複雑な事件の尋問じゃないんだ。ただ、紗理奈さんを捜すという依頼を遂行しに来ているだけ。余計な情報も手間暇も今は必要ない。

「あなたは、最上紗理奈さんは今現在生きているかどうか、知っていますか」

「はい、もちろん彼女は生きています」

光くんが小さく声を漏らした。良かった、という感情の表れの声にならない声。うん、良かった。本当に良かった。

「では、何故彼女が失踪したのか、そして今どこにいるのかも、広太郎さんは全部わかっているのですね？」

「わかっています」

よし。今度は光くんよりも先に思わず息を吐いてしまった。これで、この仕事は終わったも同然。そして成功報酬も確実にゲットできる。預かり金の百万円もほとんど使わずに返却できる。

正直、それさえわかれば後の疑問や疑惑なんかわからなくてもいい、とはさすがに言えないが放っておいてもいい。早く真奈さんに伝えてあげたい。

でも、慌ててはいけない。ひょっとしたら、大きな犯罪絡みのものだ。

「それを踏まえるなら訊きたいことは山ほどあるのですが、まずは、紗理奈さんとは今すぐに連絡が取れる状態なんでしょうか？」

「取れます。彼女は新しいスマホを手に入れていますから」

「では、確認をお願いしたいです」

生きているのなら、そして連絡が取れるのなら、それが必要だ。

「依頼主である真奈さんに報告したいのです。紗理奈さん生存の確認と、どこでどうしているのかを。許可など取らずに今報告することもできますが、まだ紗理奈さん本人の姿も声も確認できていませんので、それをしてからにしたいのですが」

基本だ。実際に本人確認ができなければ、確実だという情報もただの伝聞になってしまう。

「わかりました。訊いてみます」

これもテーブルの上に置いてあったiPhoneを取った。何かを開いて、打ち込んでいる。LINEだろうなたぶん。

「磯貝さん。西條真奈さんがあなたに捜索を依頼した経緯というのは、ごく簡単に説明するとどういうことになりますか。紗理奈に伝えたいので」

まさに簡単です。

「真奈さんの小樽時代の同級生である青河文さん、ブルーの青にさんずいの河に文章の文です。その文さんが私の親しい友人です。その青河文さんが、真奈さんに私を紹介しました」

どうして文さんと親しい友人になったかを説明すると軽く一時間はかかるので省略する。なるほど、と頷いて、広太郎さんが打ち込んでいる。

唇に二本の指を当てて光くんに煙草を吸っていいか訊く。頷くので、ポケットから取り出して火を点ける。

「少し待ってください」

広太郎さんが言う。LINEの返事が来るのを待っているんだろう。煙草を吹かす。通知音がする。

「来ました。真奈さんに言ってもいいそうですが、伝え方を確認したいので、直接磯貝さんと話したいそうです。ちょっと待ってください。画面は大きい方がいいでしょうから、iPadのFaceTimeで話しましょう」

願ったり叶ったりだ。広太郎さんが隣の部屋に行ってiPadを持ってきた。操作して、回線を繋ぐ。

スタンドを立てて、テーブルに置く。ディスプレイに映る、紗理奈さん。

長い黒髪、キリッとした涼しげな眼。間違いなく、写真で確認した紗理奈さんだ。

失踪生活でやつれたような様子はまるでない。ごく普通の、健康そうな様子に見える。後ろに映る背景は、部屋の中にいる、というのがわかるだけだ。今の自宅なのだろう。

「初めまして、探偵の磯貝です。これは助手の桂沢です。紗理奈さん、青河文さんのことは覚えていらっしゃいますか？」

少しだけ首を傾けた。

『〈銀の鰊亭〉のですよね？　覚えています』

「桂沢は、その文さんの甥っ子です」

あら、というふうに口が開き、少し笑みを見せる。

『久しぶりに思い出しました。確かお姉さんもいらっしゃったから、甥御さんということは、お姉さんがお母様ですか』

「そうです。今は桂沢綾です」

光くんが、答える。

『そうそう、綾さんでした。懐かしいです』

「紗理奈さん。少しの間でいいですが、この様子を桂沢が iPhone で動画撮影していいですか。真奈さんへの報告の際に間違いなく紗理奈さんを見つけたという証拠として」

少し考えるふうにしてから、頷く。

『いいです。ほんの少しの時間にしてください。その間は何も会話しないようにします』

「それで構いません。よろしければ手でも振ってくれれば」

光くんがすぐさまiPhoneで動画を撮影し始める。紗理奈さんは、少し躊躇いながらも、右手を軽く上げて振ってくれた。これでもう充分。光くんが止めたのを確認してから、続ける。

「改めて、妹さんである真奈さんが、青河文さんを通じて私にあなたの捜索を依頼してきました。それはこの桂沢光が証明してくれます」

「間違いないです。真奈さんが〈銀の鰊亭〉まで来て話をして、文さんがついこの間まで刑事だった磯貝さんに依頼しました」

画面の向こうで紗理奈さんが静かに小さく頷く。

『ご面倒をお掛けしました。こうして、生きています。それで、父と真奈だけには、私が元気でいることを伝えてもらっても構いませんが、それをまだ他の誰にも言わないように、としてください。あるときが来るまでは』

あるときが来るまで？

「つまり、そのときまでは、紗理奈さんが生きているのは間違いないけど、どこで何をしているのかどこに行ったのかも知らないことにしておいてくれ、と、ご家族に伝えればいいのですね？」

『そうです』

なるほど。

「失踪のようになっている今の状況の理由などはどうでしょう。この場で教えていただけますか？もちろん、それが必要であればご家族のお二人にも、もちろん他の誰にも伝えないと約束できます。

守秘義務は探偵の生命線ですから」

　視線が少し動いた。たぶん無意識に、向こうの画面には映っていないけれども、そこにいるであろう広太郎さんを確認しようとしたんだろう。

『父と真奈にも、それを知ったことまでも沈黙を守ってくださるのでしたら、そのときを待たずに今お話ししても構いません。もとより、スーツケースの件で広太郎さんのところまで来られたのですから、もうおおよそのところは見当がついているのでしょうから』

　おおよそのところ、か。

　ほぼこちらが推測していたことに間違いないということか。

「ありがとうございます。真奈さんに紗理奈さんが見つかったことだけは、この話し合いの後にすぐ報告させてもらいます。あるときが来るまで、と先程おっしゃいましたね」

『はい』

「何か、はっきりとした明確な期日のようなものがあるような言い方でしたが、それがわかればご家族にお伝えするときにも、確信めいた安心できるような別の表現でお伝えすることもできるのですが」

　ディスプレイの向こうの紗理奈さんが、小さく、頷く。

『私が、知事選に出るときまで、です』

　知事選!?

＊

「まるで、こっちがバッター構えてバッターボックスに立ったのに、投げられた球がラグビーボールだったみたいな衝撃だったのね」

まさしく。文さんは喩えが上手い。いきなり足元に落とし穴が開いてもああは驚かなかったと思う。〈銀の鰊亭〉まで光くんと一緒に帰ってきた。真奈さんへの報告は文さんと一緒にした方がいいと思ったからだ。

LINEで連絡すると、ちょうど真奈さんは自宅へ戻ってきていた。

電話をして、動画撮影した紗理奈さんの姿を見せると、眼を潤ませていた。良かったと涙声になっていた。こちらが最悪の場合を想定してくれと脅かしてしまっていたから、本当に駄目かもしれないと思っていたんだろう。申し訳なかった。

元気で生きている。ただ、失踪のような真似《まね》をした理由はまだ言えない。けれども、必ず皆の前に元気な姿を見せるからそのときには全部話す、と、紗理奈さんからのメッセージも伝えた。

本当に、何事もなく元気だから心配しないで、と。

もちろん、後日報告書を郵送する。成功報酬は前金から抜いていいと言うので、領収書も添えて。預かり金の余りは、いずれまた小樽に行くことがあるから、そのときの返却で構わないそうだ。

とはいえそのまま持っていると使ってしまいそうになるだろうから、文さんに、〈銀の鰊亭〉で預かってもらうことにする。

「知事の息子である広太郎さんが全部知っていたっていうのは、灯台下暗《もとくら》しとでも言うべきだったかしらね」

「まぁ、そんな感じですね」

紗理奈さんと、そして広太郎さんも一緒になってその場で話をしてくれた。

「始まりは、やはり旧知事公邸の引っ越しの片づけをしていて、あのスーツケースを見たときだったそうです」

紗理奈さんはすぐに、母である瑛子さんが持っていたものとまったく同じものだと気づいた。失踪して死亡宣告を受けた母親があのスーツケースを愛用していたことを知っていたのだ。もちろん、〈ジャン・イブ・ファニー〉のものであることも、大人になってから調べていたのでわかっていた。

知事との出会いが出会いだったので、瑛子さんがフランスに来ていた時期には、まだ当時の通産省の役人だった知事もよく来ていたはずだ、というのはすぐに思いついた。

ひょっとしたら、同じ時期に同じ飛行機に乗っていたのではないか。だったら、偶然に知り合うということもあったのではないか、と考えた。同じ珍しいスーツケースを持っていた者同士だ。

でも、その段階では、特に何かを疑ったわけではなかった。

「単純に、実はうちの母も同じスーツケースを持っていたのですよ。どこかで見かけたことはありませんでしたか、という話を知事にしようかな、と考えたそうです」

けれども、それを知事に話す前に、紗理奈さんは広太郎さんにスーツケースの話をしたのだ。

「二人は広太郎さんが磯貝さんに伝えたよりも、昔からずっともっと親しかったのね」

「そういうことでした。最初に会ったときにはすっかり誤魔化されてしまいましたけれどね」

もちろん、広太郎さんはゲイなのだから、男女関係で付き合っていたとか恋人同士だったというものではなく、本当に気の合う仲間としてだそうだ。性差を超えた親友、とも思っていると。

他の友人も交えて互いの家に行き来して、ご飯を作り合ったりとかもしていたそうだから、傍《はた》から見れば恋人同士ぐらいにも思えただろう。それを継母である知事は知らなかった。

「母親が既に亡くなっていることは教えていたそうですが、そのときに初めて広太郎さんに、瑛子さんの死についての詳しい話をしたそうです。スーツケースのことと絡めて」

失踪してしまった母親が坂東知事とまったく同じスーツケースを持っていたこと、そして実は薬物の運び屋疑惑を掛けられていたこと、そのスーツケースと一緒に失踪し、失踪宣告をしたこともそのときに全部話した。

それぐらいに親しい間柄だった。

驚いたのは、広太郎さんだ。

「僕は、知っていたんですよ」

「何をですか」

「あの人が、坂東泉が、違法な薬物を運んでいたことを。もちろん証拠はありませんが、父が現場を目撃していたんです」

「お父さんが？」

肺癌で亡くなられた広太郎さんの父親、坂東壮介《そうすけ》さんもまた当時の通産省のお役人だった。

入院して亡くなる前、広太郎さんが高校生のときだ。その話を、広太郎さんにした。その時点で十年以上も前の、自分の妻の犯罪のことを。

「夫である壮介さんは、事前には一切何も知らなかった。少なくともそう本人は告白していたそうです」

自分の妻であり、同じ政府の役人である坂東泉が、薬物の運び屋なんてものをやらかしたことは。

「では、何故一切何も知らなかった壮介さんが、その現場を目撃してしまったのか」

「知事が札幌まで持ってきちゃったからね？　薬物を」

その通り。

予定が狂ってしまったからだ。

「間違いなく本来であれば東京で受け渡しをするはずだったのに、札幌まで持って来ざるを得なかった。そして改めて連絡を取り合い、札幌で取引きをしたんでしょう。それが、壮介さんが目撃してしまう機会となったんでしょうね。薬物と、それを引き渡す現場をも」

何故取引きの現場がわかったのか、どういうふうに目撃したのかなどなど、その辺りの細かいことは話さなかったし聞いていなかったそうだ。とにかく自分がその現場も薬物も、この眼で確かめたのは間違いないと。

「どうして妻がそんなことをしたのか、そして運び屋をやってそれで得られたものをどうしたのか。何もかも推測でしかないけれども、たぶんそれが事実だという話を坂東壮介さんは、息子にしたんですね」

「何を得たかって、お金よね。そして様々な人脈や関係性。そういうものを知事になる前の、当時の坂東泉さんは得ていたんでしょうきっと。普通の生活では得られない大きなものを」

「そういうことらしいです」

疑えば切りがないが、そういえば坂東知事は基盤も何もないところからあれよあれよという間に知事にまでなったという話もあったはず。

「何故夫である坂東壮介さんが黙っていたのかは、あれね？　公にすればもちろん自分も失脚するだろうし、大切な息子だって犯罪者を親に持ってしまうことになるからね。それに、運び屋になるのを坂東泉さんに仕向けた人たちのことも、たぶん壮介さんは知っていたからなんでしょう？」

「そうです。とにかく発覚したらとんでもないことになる。だから、黙っていたけれども、自分の死を目前にして妻のその罪を息子に告白したんです。もう十年以上経っていたから、というのもあるんでしょう」

広太郎さんが、自分の継母から遠ざかっていたのはそのせいだ。親子であることを公表せず、継母にも言うなといい、商売の道具にも使わなかった。

だから坂東知事は紗理奈さんと広太郎さんがそこまで親しいのも、まったく知らなかった。

「お前には何の関係もないが、これからの人生、継母である坂東泉からは遠ざかっていい、と」

「言われなくても遠ざかるわよね。きっとなんで離婚してくれなかったんだって言いたかったわよね広太郎さんにしてみれば」

とんでもない衝撃だった、と広太郎さんも言っていた。

紗理奈さんと二人で様々な話をした。推論を重ねた。そして、間違いなくそうなのだろうと紗理奈さんと二人で確信したのは、紗理奈さんが自分で知事の渡航記録などを調べてからだ。

パスポートの記録を調べて、二人があの日に同じ飛行機に乗っていたのは間違いないと。そうであれば、瑛子さんは知事と間違えられて連れ去られてしまったのだ、と。

それ以外に、瑛子さんの失踪を説明できるものは何もない。

もちろん、証拠もない。

あるのは夫であり父親である坂東壮介の、その告白の内容のみだ。

「お父さんから聞いていたから、広太郎さんは紗理奈さんからスーツケースのことを聞いたときにすぐに確信できたのね。紗理奈さんの母親である瑛子さんが失踪し、たぶん亡くなられたのは、自分の母親が薬物を運んだせいだって」

「まぁ直接の原因はスーツケースを持っていた女性を取り違えた成田で待っていた悪い奴らなんですがね」

悪いことをした人間に不運なんていう言いわけを与えることもないだろうが、坂東知事も確かに不運と言えばそうだった。空港で予定通りになってくれていれば、そいつらが間違えなければ、瑛子さんが死ぬことはなかった。

そして、坂東知事はそのことを知らない。

広太郎さんがそれとなく紗理奈さんの母親のことを尋ねたそうだ。

まだ小さい頃に亡くなったんだってね、と。そのときの反応からしても、知っていたとは思えないと言っていた。無論、知っていたら、紗理奈さんと友人になり自分の秘書にするなんてことになるはずがないだろう。

「一瞬、知っていて罪滅ぼしに、なんてことも考えたんだけれども、それはさすがになかったのね」

「ないでしょうね」

あったら、それはそれで大きなドラマだが。

「紗理奈さんが全部自分で調べられたんじゃなくて、広太郎さんが、全てのキーになったのね。やっぱり無理よね何もかも自分で調べるのは」

「そういうことでした」

ひょっとしたらそうなのかとも思ったところで、三十年も前のことだ。きっと坂東知事本人も忘れかけているかもしれない。だからこそ、あのスーツケースを処分してもいいとも思ったか。

「でも紗理奈さん、そこから、自分が知事になるという発想が凄いわね。復讐、という意味合いでいいのかしら」

「贖罪《しょくざい》のチャンスを与える、という思いだそうです」

どこをどうひっくり返しても、これから坂東知事の行為を表ざたにして罪を問えるはずがない。白日の下に晒して大騒ぎになったとしても、証拠は何もないし、今から集めることは不可能だ。むしろ表ざたにして困るのは、マイナスの面が多いのはこちらの方になってしまう。

何といっても妹が超有名人なのだ。そんなことに巻き込まれたら、間違いなく人気は落ちる。

広太郎さんにしても、自分が父親から聞いたことしか証拠がないのに、告発した側に立つことになる。継母とはいえ母親を訴えることになるのだし、話を聞いただけとはいえ、今まで黙っていた自分だって、ひょっとしたら罪を負わされてしまうだろう。何よりも、今まで頑張ってここまで大きく築き上げた自分の商売も、ダメージを受けてしまう。

だから、知事を失脚させると決めた。

犯罪を行なったから、という理由からではなく、知事不適格とさせて次の選挙で落選させる。

「坂東知事は既に次も出る意思はあるそうですよ」

「ひっくり返してやるのね。元特別秘書が『あの人はふさわしくない』ってことで、自分がやる、と」

突然辞めて、失踪のような真似をしたのは、坂東知事を切り崩すためのひとつのアイテムとなるから。

「知事選に一緒に出れば、当然マスコミはそれを知って何故かって突っついてくるわよね。特別秘書を突然辞めて行方不明のようになっていたのはどうしてなのかって」

「そこで知事の罪の話はしないでしょうけれど、知事が困惑するだろうしダメージにもなりますよね充分」

そして広太郎さんが紗理奈さんの傍らにいることで、知事の基盤を切り崩すアイテムにも充分になる。

「息子が、敵の陣営にいるというのは、余程坂東知事はよくないのか、なんてことですね」

「そういうことです」

それで、全てだ。

探偵である僕にヒントのようなものを与えたのも、上手くいけば第三者として知事の罪を掘り起こしてくれるのではないかという期待があったからだ。上手くいかなくても、どっちにしても時期がくれば自分たちから家族には連絡するつもりだったから。

「坂東知事の罪は、封印するということなのね」

「紗理奈さんは言っていましたね。『それは、私が知事になれなかったときの最後のアイテムとして取っておきます』と。そして頼まれました」

「何を？　黙っていることを？」

それもそうなのですが。

「最後のアイテムを使うときには、何もかもを調べ尽くした僕にも援護してほしいと」

文さんが、笑みを浮かべる。

「やっぱり凄い人なのね、紗理奈さん。何もかも終わったら、ぜひ会って友達になりたいわ。あ、そうしたら知事と友人になれるのかも」

「なれますね、きっと」

約束はしたけれども、できれば援護しないで済んでほしい。そして晴れて友人として付き合いたい。

知事が友人の探偵なんて、なかなかいないだろうから。

初出

「小説宝石」二〇二二年七月号～二〇二四年一月号

この作品はフィクションであり、実在の人物・団体・事件とは一切関係ありません。

参考文献　「特別秘書」『フリー百科事典　ウィキペディア日本語版』
2024年2月1日（木）08:59 UTC. URL:https://ja.wikipedia.org

## 小路幸也　（しょうじ・ゆきや）

北海道生まれ。広告制作会社を経て、執筆活動に入る。2002年、「空を見上げる古い歌を口ずさむ pulp-town fiction」で第29回メフィスト賞を受賞し、作家デビュー。「東京バンドワゴン」シリーズ、「マイ・ディア・ポリスマン」シリーズ、「花咲小路」シリーズ、「駐在日記」シリーズ、「国道食堂」シリーズなど著書が多数ある。ほかの著書に『〈銀の鰊亭〉の御挨拶』『キャント・バイ・ミー・ラブ 東京バンドワゴン』などがあり、本作品の前日譚『〈磯貝探偵事務所〉からの御挨拶』も近日文庫化の予定。

# 失《しっ》踪《そう》人《にん》　磯《いそ》貝《がい》探《たん》偵《てい》事《じ》務《む》所《しょ》ケースC

2024年5月30日　初版1刷発行

著者——小路幸也《しょうじゆきや》
発行者——三宅貴久
発行所——株式会社 光文社
〒112-8011　東京都文京区音羽1-16-6
電話　編集部　03-5395-8254
書籍販売部　03-5395-8116
制作部　03-5395-8125
組版——萩原印刷
印刷所——新藤慶昌堂
製本所——ナショナル製本


ISBN978-4-334-10328-6